Para Sempre Nunca

Universo dos Livros Editora Ltda.
Avenida Ordem e Progresso, 157 - 8º andar - Conj. 803
CEP 01141-030 - Barra Funda - São Paulo/SP
Telefone/Fax: (11) 3392-3336
www.universodoslivros.com.br
e-mail: editor@universodoslivros.com.br

Serena Valentino

Para Sempre Nunca

A história do Capitão Gancho

São Paulo
2022

Diretor editorial: Luis Matos

Gerente editorial: Marcia Batista

Assistentes editoriais: Letícia Nakamura e Raquel F. Abranches

Tradução: Jacqueline Valpassos

Preparação: Aline Graça

Revisão: Bia Bernardi e Nathalia Ferrarezi

Arte: Renato Klisman

Ilustração da capa: Jeffrey Thomas

Dados Internacionais de Catalogação na Publicação (CIP)
Angélica Ilacqua CRB-8/7057

V252p Valentino, Serena

Para sempre nunca : a história do Capitão Gancho / Serena Valentino ;
tradução de Jacqueline Valpassos. — São Paulo : Universo dos Livros, 2022.
208 p. (Coleção Vilões da Disney, vol. 9)

ISBN 978-65-5609-279-9

Título original: *Never never*

1. Ficção infantojuvenil norte-americana I. Título II. Valpassos, Jacqueline III. Série

22-4671 CDD 813.6

Dedicado aos meus adoráveis leitores, por seu amor
inabalável, apoio e entusiasmo por esta série.
Eu amo e aprecio vocês mais do que podem imaginar.
Obrigada.

PRÓLOGO

DO LIVRO DOS CONTOS DE FADAS

Capitão James Gancho

O Capitão James Gancho gostaria que achassem que ele é o homem mais corajoso que já içou uma bandeira pirata. Entretanto, sabemos a verdade. Lemos o coração volúvel dos homens de maneira nítida e escrevemos suas histórias. Somos as Irmãs Esquisitas: bruxas poderosas, criadoras de destinos e as autoras deste Livro dos Contos de Fadas. Se estiver lendo nossas histórias na ordem que predeterminamos, então, você se lembrará de que estamos no Lugar Intermediário – o lugar entre a terra dos vivos e a terra além do véu. Embora muito tempo tenha se passado desde que nossa filha Circe se sacrificou para salvar os Muitos Reinos, ainda nos encontramos presas neste lugar, com apenas um de nossos espelhos mágicos para nos mostrar o que está acontecendo no mundo exterior. Não que precisemos – essas histórias estão gravadas em nossas almas, pois as escrevemos e encontramos maneiras de fazer nossa influência ser sentida nos Muitos Reinos e nos reinos exteriores. Mas chega de falarmos de nós, por enquanto. Esta é a história do Capitão James Gancho.

James nem sempre foi o homem que é hoje, constantemente frustrado pelos Garotos Perdidos, ludibriado pelo travesso líder deles, Peter Pan, ou acometido por um medo profundo e duradouro de um crocodilo ameaçador com um relógio tiquetaqueando na barriga. Por mais difícil que seja entender, houve um tempo em que James era uma alma muito corajosa e um dos piratas mais temidos e respeitados a navegar pelos Sete Mares. Essas histórias, no entanto, foram eclipsadas por suas desventuras na Terra do Nunca, por sua reputação de ser um "adulto" covarde. Nossa história se concentra no que aconteceu antes de James chegar à Terra do Nunca, porque você já sabe o que acontece quando ele chegou lá. As aventuras de Peter Pan e seu inimigo Capitão Gancho são bastante conhecidas, mas o que você não sabe é como James se tornou o Capitão Gancho e como chegou a esse nome.

James não nasceu para a vida de pirata. Ele cresceu em Londres, um reino não mágico bastante mundano, filho de nobres, bem antes do tempo de Lady Tremaine e Cruella De Vil, mas teve uma criação não muito diferente da delas. Você notará que as três últimas entradas neste Livro dos Contos de Fadas voltaram no tempo em vez de avançar, mas, como você logo aprenderá, o tempo não significa nada nos reinos mágicos, e muito menos para aqueles que governam as terras onde a magia é tão densa quanto a Floresta dos Mortos nos Muitos Reinos.

Como acontece com a maioria das crianças em famílias aristocráticas, os cuidados diários de James foram deixados a cargo de uma governanta, uma babá que atendia a todas as necessidades da criança. Em um de seus passeios diários no parque, a babá de James desviou a atenção de sua responsabilidade e, quando voltou, descobriu que o menino havia desaparecido do carrinho de bebê (ou bercinho de passeio, dependendo do lugar no mundo em que você está lendo isso).

Como é possível imaginar, o desaparecimento de James causou pânico nos corações de sua família. O pequeno James estava desaparecido há seis dias. Para os pais, foram seis dias angustiantes. Entretanto, de acordo com todos os relatos, foram os seis dias mais gloriosos de toda a vida de James, e assim permanecem até hoje.

Em todo o nosso tempo narrando contos de fadas neste livro, uma das coisas mais deliciosas que aprendemos sobre Londres é que, para um reino não mágico, muitas vezes a cidade é tocada pela magia de outros mundos. Por exemplo, quando um menino cai do carrinho em Londres, ele é transportado para um lugar chamado Terra do Nunca. Se ele não for requerido pelos pais dentro de sete dias, é lá que ficará e, a partir de então, será conhecido como Garoto Perdido.

Faz sentido para nós, pois quem mais seria o cuidador de meninos? Certamente não as altas fadas das Terras das Fadas, cujas atenções são quase dedicadas por completo às meninas (todas, menos a Fada Azul, mas ela é a exceção em mais aspectos do que este), e nós, bruxas, não temos tempo para coisas como crianças remelentas. Supomos que seja por isso que o Conselho das Fadas enviou uma de suas fadas rebeldes, uma fada artesã chamada Sininho, para cuidar dos meninos na Terra do Nunca. Matando dois coelhos com uma cajadada só, como dizem: o Conselho das Fadas conseguiu alguém para cuidar dos pequenos encrenqueiros relutantes em crescer e se livrou de uma fada que a Fada Madrinha e as Três Fadas Boas não aprovavam. Isso não é incomum nas Terras das Fadas, como você já pode ter lido em algum lugar ou lerá neste volume, caso decida explorá-lo. Contudo, não vamos perder mais tempo com gente como a Fada Madrinha e sua laia aqui. Em vez disso, vamos nos concentrar em James e na sua procura à Terra do Nunca.

Para nós, a Terra do Nunca era um lugar insignificante, cheio de garotos mal-humorados e imprudentes determinados a jamais crescer – e de algum modo nunca crescem. Essa parecia ser a extensão da magia por lá até onde sabíamos, além do pó mágico de fada de Sininho, por isso, não nos incomodou termos sido proibidas pelo Conselho das Fadas de viajar para lá. Contudo, quando James começou a chamar nossa atenção, nosso olhar se desviou para a segunda estrela à direita e continuou até de manhã.

Como você pode imaginar, um lugar como a Terra do Nunca atraía o jovem James.

Quando ele caiu do carrinho em Londres, passou seis dias na Terra do Nunca. Era um lugar de grandes aventuras, onde ele corria vestido em peles de animais e fazia todo tipo de idiotices com os Garotos Perdidos. Era muito mais atraente do que sua vida em Londres com a babá antiquada. Ele teria ficado por lá feliz pelo resto da vida, mas, infelizmente, no sexto dia, seus pais o encontraram e o levaram para casa. Se ele tivesse permanecido desaparecido apenas mais um dia, a Terra do Nunca o teria reivindicado, e ele teria permanecido um Garoto Perdido para sempre. Mas seu destino era crescer.

James nunca superou ter deixado a Terra do Nunca. Lampejos da vida e das aventuras que ele poderia experimentar permaneceram com ele, assombrando-o a ponto de deixá-lo obcecado depois de adulto. Retornar àquele lugar se tornou a missão de sua vida, e ele nunca desistiu de tal busca.

À medida que crescia, James se dedicou a aprender tudo o que pudesse sobre a Terra do Nunca e a descobrir como encontrá-la de novo, mas os segredos dela estavam sempre fora de alcance. Ele não encontrou nada além de rumores que pareciam histórias infantis, narrando as aventuras de Peter Pan – aventuras que James achava que deveriam ter sido suas e que haviam lhe sido roubadas injustamente quando foi encontrado e levado para casa. E, já prestes a perder a esperança de reencontrar a Terra do Nunca, como num passe de mágica, James encontrou histórias de piratas nas prateleiras da biblioteca de seu pai. Ele ficou intrigado com aqueles piratas malvados que, pelo que se dizia, navegavam para terras misteriosas e mágicas. Ele se viu apaixonado pelas histórias de homens e mulheres corajosos que singravam o alto-mar em busca de tesouros e aventuras, em seu mundo e além.

Claro que isso não serviria para os pais de James, que o criaram para ser um jovem cavalheiro respeitável. Ele foi enviado para as melhores escolas, primeiro Eton e depois Balliol College, Oxford e, após a formatura, esperava-se que encontrasse uma jovem rica para se casar. Como tantas famílias com títulos de nobreza, os pais de James estavam sobrecarregados com as despesas de uma grande propriedade e dos campos, mas sem dinheiro para isso. Claro que eles não se rebaixariam a trabalhar, então, a única opção era encontrar uma donzela abastada para salvar a propriedade da família. Mas James tinha outros planos em mente. Ele iria se tornar um pirata.

James leu todos os livros que conseguiu sobre piratas e navios, e se empenhou em ser capaz de impressionar o mais experiente dos piratas com seu amplo conhecimento de cartografia, navegação, aparelhamento de embarcações, artilharia e ordem de ascensão nas fileiras, e é claro que ele se familiarizou com seus modos trapaceiros e malvados por meio dos relatos de suas façanhas e aventuras. O tempo passado no Eton e no Balliol College provou ser útil para a pesquisa. Ele havia lido tudo na biblioteca do pai quando era jovem e estava feliz por ter um mundo de livros totalmente novo à sua disposição nas vastas e ricas bibliotecas enquanto estava na escola. Mas havia algo mais que a educação e a leitura obsessiva fizeram por James, mas não esperado: tornaram-no um excelente contador de histórias, e ele descobriu que podia falar com autoridade sobre quase qualquer assunto, pois era capaz de fundamentar as opiniões com os fatos, de que se lembrava com facilidade, dos inúmeros livros que havia devorado ao longo dos anos. Em outras palavras, ele era um bom conversador, o que era uma de suas maiores fontes de orgulho. Quanto mais James lia sobre piratas, mais ele se convencia de que, se havia alguém que poderia ajudá-lo a encontrar a Terra do Nunca, esse alguém seria um pirata. Ele não conseguia pensar em ninguém que tivesse visto mais do mundo ou conhecido pessoas mais interessantes. O que James não esperava é que as aventuras o levassem aos Muitos Reinos, um lugar verdadeiramente mágico, como nenhum outro. Mas estamos colocando a carroça na frente dos bois.

A verdadeira aventura de James começou na noite de sua formatura no Balliol College. A família dele não deveria ter se surpreendido quando o mordomo lhes trouxe a carta de despedida que James havia lhes deixado no quarto, perto de uma pilha de livros sobre piratas, naquela noite, mas ficaram chocados e horrorizados. Quem não ficou surpreso, no entanto, foi o mordomo, porque era quem conhecia de verdade o coração de James desde a infância.

Quando o pai de James leu a carta em voz alta, a mãe quase desmaiou e, então, de maneira muito aristocrática, ela se retirou aos próprios aposentos, onde permaneceu por várias semanas, com o coração partido por seu único filho poder trazer tanta vergonha para a família.

Queridos mamãe e papai,

Hoje embarco na minha verdadeira vocação. Quando vocês lerem isso, espero estar no caminho certo para atingir meu sonho, testando minha coragem contra mares traiçoeiros e inimigos ainda mais perigosos, conforme procuro a sempre elusiva Terra do Nunca, o lugar ao qual sinto que realmente pertenço. Travo uma batalha dentro do meu coração que me impede de me ressentir por vocês terem me reivindicado antes que eu me tornasse um Garoto Perdido. Lembro a mim mesmo que vocês só fizeram isso por me amar, mas não consigo me forçar a viver a vida que planejaram. Por favor, saibam que não os abandonei e não me esquivo de meus deveres para com nossa família. Encontrei um modo de viver da maneira que quero enquanto cumpro meus deveres para com vocês. Vou ser um pirata. Tenham certeza de que lhes enviarei minha pilhagem conforme vasculho os mares em minha busca para encontrar a Terra do Nunca.

Sinceramente,
James

CAPÍTULO I

O SAPO CASCUDO

James não poderia ter parecido mais deslocado quando entrou no Sapo Cascudo, uma taverna infame na pior parte de Londres, que os piratas costumavam frequentar. Era um lugar decadente, com pisos e mesas de madeira suja e manchada de óleo, mal iluminado e cheio dos homens mais rudes que James já tinha visto. Toda a sua leitura não poderia tê-lo preparado para o tipo de homens que ele encontrou naquela noite. No entanto, preparou-o para se vestir e falar do modo adequado na companhia de piratas, e ele estava bastante satisfeito por ter se dado ao trabalho de se trajar corretamente e aprender os jargões. Congratulava-se por ter tido tempo de pesquisar a libré correta para servir em um navio pirata e fez questão de adquiri-la em uma pequena loja na Eaton Square que tinha diversos itens intrigantes, com histórias interessantes, incluindo o arrojado casaco negro de pirata que usava naquela noite. Todos os homens reunidos tinham uma aparência bastante rude, com roupas gastas pelo uso e pela batalha. James sentiu que se destacava em sua libré novinha em folha e, embora tenha feito um grande esforço para não escolher o mais chique dos casacos que viu na loja, ainda assim parecia muito mais bem-vestido do que os outros homens lá. Havia uma dupla de piratas, em particular, que parecia mais experiente e mais desagradável do que o restante, e se mostrara interessada por James quando ele adentrou o Sapo Cascudo – um pirata barbudo, de cabelos escuros, e um malandro ruivo com um ferimento feio e recente no rosto. James não deixou seu olhar se demorar muito nos homens de aparência malvada, por medo de ofendê-los. Em vez disso, concentrou-o à frente. Respirou fundo quando foi recebido por risos zombeteiros ao passar pelos piratas, provavelmente devido à camisa de pirata branca imaculada e recém-adquirida, ao casaco cinturado preto e longo, com botões prateados reluzentes, e às botas de pirata lustrosas, igualmente pretas, que comprara no início daquela semana.

James se lembrou de novo da lojinha na Eaton Square com tantas curiosidades que despertaram seu interesse, mas ele fora lá a fim de adquirir uma roupa de pirata adequada e ficou bastante satisfeito com a aquisição. Quase comprara uma sobrecasaca vermelha com cinto e debrum dourado, mas resistiu a experimentá-la porque sabia que, caso a vestisse, acabaria comprando-a, e soube, no momento em que a viu, que era algo digno de um capitão. Talvez um dia, quando tivesse subido na hierarquia e se tornado capitão, ele voltasse para buscá-la, mas, por enquanto, dissera a si mesmo que estava satisfeito com sua roupa. Na verdade, estava orgulhoso dela até que todos os piratas do Sapo Cascudo o observaram como se ele fosse um intruso ou um tipo de impostor. *Não importa*, pensou. Talvez apenas estivessem com inveja por ele ter se vestido tão bem.

James se sentou em um canto escuro, colocando a pequena mochila com os pertences a seu lado no banco de madeira, e tirou dela um livro para ler. Ele hesitou antes apoiá-lo na mesa, vendo, mesmo à luz fraca das velas, que a madeira estava engordurada. Pegou o lenço e o colocou sobre a superfície para que a sujeira não manchasse o amado livro. Assim que o abriu, uma mulher mais velha, com longos cabelos grisalhos em desalinho, aproximou-se. Usava um vestido azul apertado com um corpete verde muito sujo e manchado por falta de avental.

– O que vai ser, magnata? – indagou ela com voz rascante, e James se perguntou se ela seria a razão do nome do estabelecimento, porque a mulher lhe parecia e soava como um sapo cascudo.

– O que você recomenda? – perguntou ele, fazendo com que a risada rouca da velha enchesse o salão.

– Você é um fofo, não é, querido? Tem certeza de que está no lugar certo? – A mulher quis saber, parecendo bastante divertida, relanceando a vista para os piratas do outro lado da espelunca, que riam e olhavam na direção de James.

– Tenho certeza – respondeu ele com um sorriso atrevido, esperando que os piratas o ouvissem.

– Gente como esses homens não gosta de ser ridicularizada, especialmente por quem se acha melhor do que os outros – retrucou ela, inclinando-se muito perto e deixando James desconfortável. Ele tentou se afastar, quase caindo do banco, o que fez a mulher de cabelos desgrenhados e os piratas rirem outra vez. O som das risadas roucas e ásperas o arrepiou, mas ele se aprumou e falou com autoridade:

– Garanto-lhe, boa mulher, que não estou fazendo tal coisa. – Ele se endireitou no banco novamente. – Sou como qualquer outro homem aqui – acrescentou, afofando os punhos da camisa, vendo que não tinha feito nada para convencer a velha de que seu lugar era ali.

– Está bem, querido. Não diga que não avisei. O que posso lhe servir, então? – perguntou ela, balançando a cabeça. Dava para James perceber o modo como a mulher o achava deslocado, o que o fez se preocupar que os outros piratas na taverna talvez pensassem o mesmo.

Havia várias mesas pequenas espalhadas ao redor do lugar e uma grande no meio, em torno da qual a maior parte da clientela se sentava. Era um grupo bastante heterogêneo de piratas, e enquanto muitos riam e trocavam histórias, alguns fitavam James de modo ameaçador. Um entre eles, o pirata ruivo com o grande talho no rosto, parecia particularmente interessado em James, que se esforçou para não dar ao homem mais do que outro olhar passageiro e focou a atenção na mulher que resmungava para ele.

– Traga-me a especialidade da casa e uma rodada de bebidas para todos aqui – disse James, erguendo a voz para que os clientes pudessem ouvi-lo, o que lhe rendeu pouco mais do que algumas sobrancelhas levantadas e olhares dos piratas sentados a uma mesa grande do outro lado do salão.

– Claro, magnata – afirmou ela, ao se afastar murmurando algo baixinho, que James não conseguiu entender por causa da voz rouca e do riso vindo do grupo turbulento de piratas.

James sentiu, pesando todas as coisas, que tinha começado bem. Arranjara uma roupa de pirata adequada, encontrara o lugar em que eles se reuniam entre as campanhas e, agora, tudo que tinha de fazer era conseguir uma vaga em um dos navios. As coisas ocorriam conforme havia planejado, e ele se sentia bastante satisfeito consigo mesmo.

Nesse momento, alguém irrompeu pelas portas duplas de madeira do estabelecimento, repetindo o nome de James aos gritos. Todos os olhos se voltaram para o homenzinho atarracado com cabelos grisalhos no uniforme de mordomo.

– Senhor James, senhor James, você está aqui? – chamou o homenzinho gorducho ao analisar ao redor freneticamente.

James estava mortificado. Foi tomado por desânimo quando toda a taverna ficou em silêncio, fazendo-o afundar na cadeira, percebendo que todos o olhavam agora. Não era assim que esperava que os eventos acontecessem. Ele pretendia iniciar uma conversa com alguns dos homens quando a criada lhes trouxesse as bebidas. Estava tudo dando errado.

– Senhor James, do que você está brincando? – perguntou o homenzinho, o rosto agora vermelho e a testa molhada de suor. – Por que cargas d'água, entre todos os lugares, você está aqui?

– Sim, *senhor James*, do que você *está* brincando? – perguntou um dos piratas da grande mesa redonda. Aquele não parecia o tipo de homem que James queria ofender, por isso, ele não respondeu. Estava começando a se arrepender de ter ido lá.

– Então, o senhor decidiu que queria brincar de pirata? – provocou outro, rindo e batendo nas costas de um dos companheiros, fazendo-o derramar sua bebida enquanto tomava um gole.

– Parece que ele está confundindo isso com uma festa à fantasia! – outro homem na mesa se juntou.

James estava humilhado. Não esperava que sua aventura começasse assim nem era essa a impressão que queria causar; tudo dera terrivelmente errado, e ele não sabia como consertar. Por sorte, a velha rouca chegou com uma bandeja de bebidas bem a tempo. Ela colocou a bandeja na mesa, na frente dos piratas, e disse:

– Cortesia do senhor James. – Todos os piratas ergueram as canecas, batendo-as umas contra as outras.

– Ao temível pirata senhor James! – zombaram eles.

James podia sentir o rosto ficando quente. Aqueles homens estavam rindo dele, mas ele supôs que era melhor do que ser expulso antes mesmo de a aventura começar.

– Um brinde a vocês, cavalheiros! – exclamou, erguendo a própria caneca e, então, pousou-a rudemente sobre a mesa, direcionando um olhar para o mordomo. – Sente-se, sr. Smee, você já chamou muita atenção para mim – disse ele, revirando os olhos. – O que está fazendo aqui? – Ele lançou um olhar para a grande mesa a fim de ver se os piratas ainda prestavam atenção nele.

O sr. Smee caçoou.

– O que estou fazendo aqui? O que *você* está fazendo aqui, senhor? Sua mãe está fora de si de tristeza e preocupação.

É como se ela tivesse sido transportada no tempo para quando você era pequeno e ficou perdido por aqueles seis dias. – James podia ver que o homem estava realmente preocupado, mas duvidava que os pais se importassem com algo mais do que o escândalo que traria para a família se algum dia descobrissem que ele havia se tornado um pirata.

– E suponho que mandaram você para me procurar? E ainda perco meu tempo perguntando; é claro que foi isso. Eles não poderiam se dar ao luxo de arriscar o bom nome da família. O que os amigos deles pensariam se soubessem? – James riu com tristeza. Smee não respondeu; apenas o fitou com uma expressão muito familiar, a mesma com que o olhava desde que James era criança. Um misto de pena e preocupação. – O que papai disse quando leu a carta? – James perguntou com um olhar endiabrado. – Não, espere, deixe-me adivinhar, algo como: "Um pirata? Que sandice é essa?". Estou certo? – James riu com vontade, mas Smee não achou graça.

– Se não se importa que eu pergunte, senhor, como pretende se tornar um pirata, afinal? Suponho que você esteja simplesmente sentado aqui esperando para ser xingado ou seja lá como se chame? – perguntou Smee, cenho franzido acima de seu rosto vermelho. O pobre homem suava como se tivesse corrido todo o caminho até lá.

– Chama-se *shanghaied*,[1] Smee – explicou James baixinho, esperando que os piratas na grande mesa perdessem o interesse

---

1 Ser sequestrado para trabalhar como marinheiro. O termo tem sua possível origem no fato de Xangai ser um dos principais destinos dos navios que sequestravam sua tripulação. (N. T.)

se não pudessem mais ouvir a conversa. – Smee, meu bom homem, por que acabou nesse estado? – perguntou, mudando de assunto.

– Procurando por você, senhor James. Corri por toda Londres procurando por você – disse ele, enxugando o suor da testa.

– É a cara dos meus pais mandarem você para a escuridão da noite, a pé. Eles poderiam pelo menos ter providenciado uma carruagem – falou James, balançando a cabeça. Mas o foco de Smee ainda estava no rapaz.

– Então, qual é o plano, ser xingado? – perguntou Smee em voz alta, fazendo o grande grupo de piratas rir.

– Claro que não; não seja ridículo – James respondeu, não desejando outra coisa no momento senão a habilidade de desaparecer. Ele odiava que a teatralidade de Smee estivesse atraindo o tipo errado de atenção justo dos homens que ele queria impressionar. O jovem tinha repassado a referida noite em sua mente tantas vezes ao longo dos anos, e aquilo não era o que havia imaginado. Nem havia começado a jornada e já era um fracasso.

O pirata ruivo do outro lado do salão prestava atenção especial à sua conversa com Smee, fazendo gestos zombeteiros e caretas desde que James chegara.

– O Lorde Calção Rendado aqui quer ser um pirata! – zombou o homem, falando de maneira afetada como se fosse um grande senhor, e não um pirata desgastado pela batalha. Ele tinha uma longa barba ruiva e olhos pequenos, redondos e intensos, e o corte que atravessava seu rosto dava a impressão de que alguém tentara cortá-lo ao meio. – Boa sorte para encontrar um capitão que permita gente como você no próprio navio. Eu não deixaria o filho de um almofadinha como você limpar meu convés! – afirmou o homem, fazendo os outros em sua mesa rirem tanto que alguns cuspiram as bebidas.

James fora criado do mesmo modo que outros de sua posição, para nunca demonstrar emoção e sempre manter a calma, não importasse a situação. Mas aquele pirata feriu o seu ego e ele foi invadido por uma onda de raiva e orgulho que não esperava. Porque ele sabia que era um pirata melhor do que qualquer um daqueles homens. Mesmo que nunca tivesse colocado isso em prática, ele era um homem que sabia o que estava fazendo.

– De fato não deixaria, bom senhor! – afirmou James, levantando-se e ajustando as lapelas de seu casaco para pontuar suas palavras. – Um velho lobo do mar como você tem mais bom senso do que isso, porque eu não sou um marujo, senhor! – James elevou o tom de voz e ficou de pé para encarar os piratas, mas eles riram ainda mais.

Ele podia sentir Smee puxando a manga de seu casaco, tentando fazê-lo sentar-se, porém, James se sentia corajoso e não iria deixar nada se interpor no seu caminho para encontrar a Terra do Nunca. Lera tudo o que havia para saber sobre pirataria e não iria deixar que aqueles velhos marinheiros o intimidassem. Ele tinha sonhado com aquilo a vida toda. Era a sua chance; não iria desperdiçá-la. Precisava mostrar àqueles homens do que era feito e agir de acordo com o que fazia de melhor.

Falar.

– Quero que você saiba que sou um mestre em cartografia e tenho amplo e íntimo conhecimento da construção e do armamento de navios! – explicou James, sem recuar, embora agora estivesse cara a cara com o pirata ruivo, que havia se aproximado da mesa de James. Após uma inspeção mais próxima, pôde ver que o rosto do homem ainda estava se curando do enorme ferimento, que cheirava mal e do qual escorria pus, quando ele se inclinou para falar com James. Era como se seu rosto fosse composto de duas entidades separadas tentando se fundir, e James sentiu repulsa quando o velho marinheiro se aproximou.

– Você sabe do que esse idiota está falando? Ele está falando bobagem – disse o pirata, levantando a voz para que os outros pudessem ouvi-lo, embora pronunciasse as palavras na direção da cara de James.

Mas James não deixou o rude homem intimidá-lo. Manteve-se aprumado e continuou falando.

– Desculpe-me por discordar. Sou formado no Balliol College e não estou falando bobagem, senhor, e asseguro-lhe que sei exatamente o que estou fazendo – afirmou James, mantendo-se firme e recusando-se a afastar-se do mau hálito do pirata ruivo.

– Balliol College, você diz? Pois é, isso faz toda a diferença do mundo! O que todo navio precisa é de um professor – zombou outro pirata com uma longa barba castanha que parecia ter a textura de galhos secos recobertos de musgo. Os demais piratas riram enquanto se levantavam e se dirigiam à mesa de James. Smee parecia nervoso, mas James continuou argumentando.

– Li todos os livros que existem sobre piratas e seus navios, e garanto a você: eu seria um trunfo para qualquer tripulação – disse James, mantendo a cabeça erguida e explodindo de orgulho, fazendo todos os piratas rirem ainda mais alto.

– Concordo! – falou uma voz grave e profunda de um canto escuro da taverna, cujo som fez todos os homens pararem de rir e os piratas ruivos e barbudos se afastarem de James e do homem misterioso, com medo.

– Sim, talvez você esteja certo, senhor – disse o pirata ruivo, cutucando o amigo. James podia ver que os outros piratas no salão tinham medo daquele homem, tanto que o mero som da voz os mandou rapidamente de volta às suas mesas.

– Estou procurando um contramestre e poderia aproveitar alguém instruído como você. – O homem com a voz grave e profunda emergiu das sombras. Enquanto ele atravessava o salão até James, os outros piratas se remexeram de maneira desconfortável e voltaram a se sentar em seus lugares. Ele era um homem alto e forte, vestido inteiramente de preto, com longos cabelos negros e barba. Seu rosto era puído, extremamente enrugado, e os olhos escuros e intensos. James soube de imediato quem era aquele homem, embora as ilustrações nos jornais não lhe fizessem justiça.

– É uma honra conhecê-lo, Capitão Barba Negra. Eu sou James – apresentou-se, estendendo a mão.

Barba Negra riu. Foi uma risada gostosa e alegre que lhe iluminou o rosto de um modo que James não esperava.

– James? Esse é um péssimo nome para um pirata – disse ele. – Então me diga, James, por que quer ser um pirata? – Ele se sentou ao lado de Smee, empurrando o pobre homem de qualquer jeito contra a parede, e James logo o seguiu.

– Quero encontrar a Terra do Nunca – respondeu James, desejando no mesmo instante que não tivesse dito aquilo.

A última coisa que queria era parecer tolo. Era seu sonho servir com alguém como Barba Negra, e ele mal podia acreditar em sua sorte de encontrá-lo ali. Não queria estragar tudo com a conversa sobre contos de fadas. Barba Negra era um dos piratas mais temidos, respeitados e ferozes sobre os quais James já havia lido. Era difícil crer que estava falando com ele, muito menos sendo considerado como um membro da tripulação dele. Não podia acreditar na própria sorte ou em quão agradável o homem era. Não era como James tinha imaginado quando leu sobre suas façanhas.

– Esse é o melhor motivo que já ouvi, e o mais honesto, aposto. Mas vamos testar seus conhecimentos e provar de uma vez por todas que você é um homem que sabe mesmo das coisas. – James percebeu um lampejo de falsidade nos olhos de Barba Negra, e ele sabia que aquilo era mais para proporcionar um espetáculo para os outros piratas no lugar, os quais permaneceram em silêncio por medo de sua ira.

– Seria uma honra, senhor. – James abriu os punhos da camisa de pirata, alisou as lapelas e se preparou para as perguntas de Barba Negra.

– Qual é o nome adequado para a caveira e os ossos cruzados que aparecem nas bandeiras de navios como o meu?

– Jolly Roger, senhor! Embora a origem do nome esteja envolta em mistério. Há muito debate sobre como esse nome surgiu. Embora eu goste de pensar que seja derivado de *Old Roger*, um antigo termo para designar o inferno.

Barba Negra sorriu com a resposta, olhando para os outros piratas, que ouviam atentos e carrancudos, mas sem se atrever a dizer uma palavra. James podia ver que a reputação de Barba Negra era bem-merecida, e apenas o mais leve olhar de desaprovação colocava todos os homens em seu lugar.

– O que significa o termo *andar na prancha*?

– Bem, senhor, embora muitos gostem de romantizar a noção de homens como vocês obrigando os inimigos a andarem na prancha, não é um verdadeiro costume pirata, é? Minha pesquisa diz que vocês prefeririam apenas matar a pessoa de imediato, submetê-la a *keelhaul* ou, então, jogá-la ao mar.

Barba Negra riu com vontade.

– Você está certo! E o que é *keelhauled*?

– Isso, senhor, é punir alguém arrastando-o na água pela quilha do navio da proa à popa. E devo acrescentar que o termo é derivado da palavra holandesa *kielhalen*.

– Certo, James, isso é o suficiente sobre *keelhauling*. Qual é a regra do código do pirata?

– Se não me engano, senhor, cada navio tem as próprias regras de conduta, a serem decididas pelo capitão e acordadas com a tripulação. Estou ansioso para ter a oportunidade de aprender as suas.

– O que é mais valioso: um mapa do tesouro ou uma carta de navegação?

– Sendo um mestre em cartografia, eu diria que uma carta de navegação, senhor, muito embora os piratas geralmente não estejam dispostos a enterrar seu tesouro nem sejam imprudentes o suficiente para fazer um mapa que levaria alguém a ele caso caísse nas mãos de um criminoso. O tesouro, em geral, é mantido a bordo e dividido entre a tripulação.

– Quem é o pirata mais aterrorizante do mundo?

– Edward Teach, senhor. O que é bastante apropriado, já que ficaria honrado em receber uma educação tão excelente de alguém como você enquanto fizer parte de sua tripulação se decidir me aceitar. – Desta vez, o medo de perturbar Barba Negra não reprimiu as risadas e as zombarias dos outros piratas.

– Todo mundo sabe que Barba Negra é o pirata mais temido do mundo! – disse o pirata ruivo, mas, antes que James pudesse corrigi-lo, um de seus companheiros deu-lhe uma cotovelada rude e disse baixinho:

– Esse é o nome do Barba Negra.

Barba Negra balançou a cabeça e riu. James podia ver que aquele gigantesco e parrudo homem estava impressionado com seu conhecimento, e talvez até gostasse dele, ou pelo menos se divertisse com ele. Fosse qual fosse o caso, ele esperava que isso lhe tivesse conquistado um lugar no navio de Barba Negra.

– Zarparemos ao amanhecer, se quiser se juntar à minha tripulação – afirmou Barba Negra. E, então, acrescentou: – E suponho que saiba o que é um contramestre, considerando todas as suas leituras, não é?

– Sim, senhor, sei! Será uma honra supervisionar seu equipamento e sua tripulação. – James não podia acreditar que estava mesmo tendo essa conversa com um pirata sobre o qual lera tanto, e justo o capitão que esperava conhecer. Era como se tivesse sido planejado dessa forma, como se já tivesse sido determinado que aquele era o caminho que ele deveria seguir, e teve a sensação de estar fazendo a coisa certa.

– Já é hora de eu ter alguém com um pingo de bom senso servindo ao meu lado. Meus homens são marinheiros e lutadores capazes, não há dúvida quanto a isso, mas não são grandes pensadores. Alguém como você poderia ser de utilidade para mim – disse ele, dando uma piscadela para James. – Ah, e James, se você trouxer esse seu mordomo, encontre algo mais apropriado para ele vestir. Tenho a impressão de que você já vai ter de aguentar muita coisa com o restante da tripulação, sem que os homens saibam do seu mordomo a bordo. – Barba Negra sorriu e balançou a cabeça.

– Sim, senhor! – exclamou James, incapaz de evitar o sorriso. Estava a um passo de realizar seu sonho e se perguntava o que o dia seguinte lhe traria.

CAPÍTULO II

UMA VIDA DE PIRATA PARA SMEE

Smee esperou ansiosamente que James o encontrasse no cais, a fim de embarcarem juntos no assustador navio de Barba Negra, o *Espectro Silencioso*. Era um enorme navio negro com velas pretas que ondulavam ao vento como fantasmas esvoaçantes. O aspecto mais assustador era o grande entalhe de um esqueleto, guardião do navio, que adornava a proa.

Essa era a última reviravolta que Smee esperava ter na vida quando iniciou a carreira a serviço de uma mansão senhorial há tantos anos. Ele começou como a maioria dos jovens servos, em uma enorme e impressionante propriedade, engraxando botas. Subiu na hierarquia, mostrando que era capaz, diligente, confiável e, acima de tudo, leal à família, e estava orgulhoso por ter sido promovido a criado e, eventualmente, a mordomo. Agora, juntava-se à tripulação de um pirata. Estava até vestido a caráter: James havia encontrado para ele uma camisa listrada azul e branca mal ajustada, calças curtas azuis e um gorro vermelho vistoso. Ele se sentia ridículo. E nada daquilo parecia muito real.

Conforme tentava acalmar o frio na barriga e a voz irritante em sua mente lhe dizendo o quão insensato era ao partir em uma missão tão perigosa, logo se lembrou de que estava fazendo isso para manter James protegido. Smee dificilmente poderia culpar James por querer algo mais para a vida; ele não era adequado para o que seus pais haviam lhe planejado. Os dois nunca entenderam o filho, mas, justiça seja feita, James também não parecia muito interessado nos pais.

Mesmo assim, o sr. Smee se apegou a James tal qual um pai, e fez o possível para ajudar o rapaz quando podia. Tudo com que James se importava eram seus livros. Mas Smee tinha um carinho especial em seu coração pelo jovem. Ele sempre foi um garotinho estranho que amava ler mais do que tudo e, afora cair do carrinho com frequência quando criança, era mesmo um bom menino. Contudo, James tinha um motivo para sempre cair do carrinho, motivo que compartilhou com Smee em uma tarde chuvosa quando a babá o trouxe para casa. Ela estava encharcada de chuva e chorando.

– Não sei por que o senhor James está sempre caindo do carrinho. Juro, sr. Smee, acho que ele está fazendo isso de propósito – falou ela, parada ali com uma expressão tensa no rosto e lágrimas nos olhos. Smee tinha visto essa expressão nas babás anteriores de James, que foram muitas. Não demoraria para que esta também pedisse as contas. Não que James precisasse de uma babá àquela altura. Aos cinco anos, já estava mais do que na hora de ele ter uma governanta, deixando para trás os carrinhos de bebê.

– Pronto, pronto, não chore. Que tal eu levar o senhor James para cima enquanto você troca essas roupas molhadas? – disse Smee. A babá lhe deu um sorriso fraco enquanto subia as escadas para o quarto. As babás sempre pareciam derrotadas depois que James caía do carrinho, e quem poderia culpá-las?

Apenas nessas ocasiões, depois que James era levado para casa por sua babá, Smee podia descrever a criança como desagradável ou mal-humorada. Smee sempre presumiu que era porque cair de um carrinho de bebê havia de ser uma experiência muito desagradável. Aquela não fora a primeira vez que uma das babás de James sugeria que ele estava caindo de propósito, mas foi a primeira vez que o sr. Smee levou isso em consideração.

Uma vez que estavam no quarto de James, o sr. Smee abordou o assunto:

– Então, senhor James, a babá disse que você caiu do carrinho de propósito outra vez. Isso é verdade?

– Claro que é verdade, sr. Smee! De que outro jeito vou voltar para a Terra do Nunca?

Você poderia achar que esse é um vocabulário muito avançado para alguém tão pequeno que ainda passeasse num carrinho de bebê, e, de forma geral, concordaríamos, pelo menos para uma criança mortal; no entanto, havia uma razão lógica para isso. Os pais e os cuidadores de James foram superprotetores desde que ele desapareceu por aqueles seis dias, por isso, era empurrado em um carrinho de bebê por muito mais tempo do que o habitual, e, por tudo que se conta, James era um jovem muito talentoso e precoce. Mesmo que ele tivesse talvez cinco anos na época, você não saberia falando com ele – juraria que era muito mais velho. Deve ter sido estranho para o jovem James ser tratado como um bebê e falarem com ele como um adulto, mas não se podia deixar de falar com James como tal por causa de sua personalidade e do grande vocabulário para alguém tão jovem.

– Que bobagem é essa, então, senhor James? Terra do Nunca, ora, ora! Que imaginação você tem! – Smee exclamou, tocando a campainha para uma criada no andar de cima.

– É verdade, Smee. Estive lá. É o lugar mais mágico que existe. Nunca me diverti tanto como ali – James falou, e Smee percebeu que a criança estava dizendo a verdade ou pensava que estava. Até onde Smee sabia, não havia nada de falso em James. Ele sempre dizia a verdade. Às vezes, era até inconveniente.

– E o que cair do carrinho tem a ver com a Terra do Nunca, posso perguntar? – questionou o mordomo ao pegar um conjunto limpo de roupas para James.

– É assim que os garotos chegam à Terra do Nunca, Smee! Eles caem de seus carrinhos e, se não forem recuperados em sete dias, ficam lá.

– E como eles são recuperados? – Smee não pôde deixar de ficar intrigado.

– As mães os recuperam, é claro, tal qual mamãe fez comigo.

– O que teria acontecido se ela nunca tivesse recuperado você ou tentado depois de sete dias?

– Ela teria continuado procurando por mim sem sucesso, pois é quando a Terra do Nunca reivindica você para sempre, no sétimo dia.

– Bem, graças a Deus a senhora o encontrou, senhor James. Não sei o que faríamos se tivesse se perdido de nós para sempre.

– Eu sei! Eu estaria brincando com meus amigos na Terra do Nunca – retrucou James.

Smee sorriu para o menino, perguntando-se de onde ele havia tirado tais ideias. Ele supôs que não faria mal para o jovem James nutrir tais fantasias. *Que mal haveria de ter?*, pensou, e é claro que não demorou muito para que James ficasse crescido demais para ser empurrado em um carrinho de bebê e tivesse de desistir da ideia de encontrar a Terra do Nunca por esse método.

Quando James não teve mais a opção de cair dos carrinhos, foi aí que começou a leitura excessiva. Mas isso também não parecia uma coisa terrível para Smee, embora parecesse incomodar os pais do menino. Eles desejavam que James gostasse de coisas que outros jovens em seu círculo apreciavam, mas caçar raposas não o inspirava, e se sentar em salas de estar conversando educadamente também não.

Smee riu ao se lembrar daqueles dias e admirou-se por ter ficado surpreso ao se encontrar prestes a se juntar a uma tripulação pirata com o jovem patrão. Ele não podia contar quantas vezes James foi mandado para o quarto por causa da conversa obsessiva sobre piratas no jantar, não importava quão dignos fossem os convidados ou a quantas peças de pirata o sr. Smee e os outros criados assistiram enquanto James representava suas cenas prediletas de batalha usando uma longa barba preta falsa, fingindo ser seu pirata favorito. Nada distraía James de suas paixões, não importava quanto os pais ameaçassem ou como eles o punissem. Chegou um momento em que James passou a ser deixado na escola nas férias porque os pais não conseguiam imaginar ter que lidar com a conversa incessante sobre as paixões, mas Smee sabia que isso não era um castigo para James, que preferia o tempo de leitura ininterrupto em vez do cansativo desfile de convidados nobres que seus pais esperavam que ele encantasse. É claro que James poderia encantá-los se quisesse – Smee tinha certeza de que James poderia fazer qualquer coisa que desejasse –, mas o jovem patrão estava singularmente focado, e todas as suas atenções eram dedicadas por completo ao sonho de encontrar a Terra do Nunca.

Smee costumava tirar férias durante esse período e visitava em segredo James na escola, levando-lhe livros que ele sabia que James iria gostar e uma cesta cheia de guloseimas da cozinheira. Smee adorava esse tempo passado com James, quando eram apenas os dois, e podia ouvi-lo por horas falando sobre todos os assuntos que o inspiravam. Smee não tinha dúvidas de que James sabia tudo sobre ser um pirata, mas não havia como deixá-lo se aventurar no grande desconhecido sozinho, mesmo que ele fosse um jovem adulto agora. Pois, na mente de Smee, James sempre seria o garotinho que caiu do carrinho.

Smee foi tirado de suas reflexões quando o muito crescido James enfim chegou ao cais. Smee o viu virando a esquina, o som das botas do rapaz batendo na madeira e o casaco de veludo preto balançando ao vento. O mordomo achava que James parecia um pirata e tinha confiança de que ele provaria ser um membro capaz da tripulação de Barba Negra. Smee respirou fundo e ficou surpreso por estar se sentindo orgulhoso de James. Ali estava ele embarcando naquela aventura com tanta bravura, deixando tudo o que conhecia para trás a fim de realizar seu sonho. Na verdade, Smee não poderia estar mais orgulhoso.

– Senhor James, você parece um pirata destemido – falou Smee, sorrindo.

– Isso é porque *sou* um pirata destemido, sr. Smee – respondeu James com um sorriso.

– Sem dúvida, senhor James. Parece que nós dois somos agora – observou Smee, desejando que James tivesse encontrado algo mais digno para ele vestir.

– Você não precisa vir comigo, sr. Smee – falou James. – Não é tarde demais para mudar de ideia. – Mas Smee não quis saber disso.

– Seus pais nunca me perdoariam se eu voltasse para casa sem você, senhor. E eu nunca me perdoaria se algo acontecesse e eu não estivesse lá para protegê-lo. Não, estamos nisso juntos – afirmou Smee, erguendo a cabeça.

– Vamos embarcar em nossa aventura, então, sr. Smee! Estamos prestes a navegar por mares traiçoeiros e visitar terras distantes cheias de aventura. Quem sabe o que nos espera? Inimigos perigosos, criaturas monstruosas, terras encantadas! – disse James, seu coração cheio de emoção.

– E não nos esqueçamos dos tesouros, James, grandes montes de tesouros maravilhosos! – gritou Barba Negra da popa do navio.

– Sim, senhor! Permissão para embarcar, capitão? – perguntou James à moda antiga, o que fez Barba Negra rir.

– Permissão concedida a você e a sr. Smee – disse Barba Negra com uma piscadela.

E, para sua surpresa, Smee sentiu uma terrível sensação de pavor, como se estivessem cometendo um erro drástico, e, naquele momento, ele não queria mais nada além de pegar o jovem patrão pela mão e arrastá-lo de volta para casa. De repente, parecia que era tudo muito perfeito, como se isso tivesse sido planejado há muito tempo por alguma força invisível, o que provocou um calafrio em Smee, fazendo-o se preocupar que James estivesse seguindo um caminho perigoso.

Mas ele não pôde compartilhar seus medos com James. Tudo em que conseguia pensar era no menino chorando em seu quarto porque não importava quantas vezes ele caísse do carrinho, não conseguia encontrar a Terra do Nunca de novo. Como Smee poderia ser a pessoa a ficar no caminho de seu sonho? E ele sabia, no fundo de seu coração, que nada poderia ficar no caminho de James, nem mesmo o velho amigo sr. Smee. James encontraria a Terra do Nunca a qualquer custo, e Smee queria estar lá para ajudá-lo.

CAPÍTULO III

O GRANDE LEVIATÃ

O *Espectro Silencioso* cortou as ondas agitadas como uma aparição flutuando na névoa. Havia algo sobrenatural no navio de Barba Negra que James não conseguia identificar. Fazia quase um ano desde que James se juntara à tripulação do pirata, mas era a primeira noite que o capitão o convidava para jantar com ele. Smee assumira a cozinha, dando ordens aos homens que trabalhavam lá embaixo e atendendo a todas as necessidades de James e de Barba Negra. Ele tinha acabado de levar um banquete para os dois homens, e Barba Negra estava devorando tudo com avidez, derramando a comida na barba e limpando-a com o punho da manga. James assistia horrorizado em silêncio ao beliscar a própria comida.

James esperava que Barba Negra o tivesse chamado para jantar porque planejava convidá-lo para ser seu primeiro imediato. O primeiro imediato geralmente jantava com o capitão, mas eles haviam perdido Jones Ferrugem para outra tripulação enquanto estavam no Caribe, há menos de quinze dias, e agora o cargo estava vago.

James aproveitava a vida de pirata ainda mais do que o esperado, e, embora a tripulação não o tivesse acolhido verdadeiramente como um deles, pelo menos pareciam respeitar sua habilidade e seu conhecimento. Sentado nos aposentos de Barba Negra, lembrou-se do dia em que o capitão o apresentara à tripulação.

– Ouçam! Temos um novo contramestre. O nome dele é... James. Quero que obedeçam às ordens dele como fariam se eu as desse a vocês, entenderam? E, pelos deuses, deem a ele um nome adequado de pirata! – James reconheceu alguns dos homens da noite anterior, incluindo o pirata ruivo com o ferimento profundo no rosto.

– Acho que você já conheceu meu primeiro imediato, Jones Ferrugem – disse Barba Negra, o que fez James suspirar. Era aquele mesmo pirata que conhecera no Sapo Cascudo e que parecia não gostar nem um pouco dele.

– Não nos apresentamos direito. Muito prazer em conhecê-lo, sr. Jones – disse James. Ferrugem revirou os olhos e fez uma careta. James podia ver que o homem não estava feliz por recebê-lo na tripulação. – Sei que tivemos um começo difícil, mas deixe-me assegurar-lhe que pretendo ser um trunfo para esta tripulação e servirei a você e a este navio fielmente. Meu extenso conhecimento de pirataria está à sua disposição, sr. Jones. Sinta-se à vontade para me procurar com dúvidas, caso encontre a necessidade – afirmou James, fazendo Ferrugem menear a cabeça com desgosto.

– Vou manter isso em mente, *Erudito* – disse Ferrugem, e foi embora.

– Não ligue para ele, James. Está de mau humor desde nosso encontro com a tripulação de Calicô Jack[2] – explicou Barba Negra, fazendo os outros homens rirem.

– E como! Eu também ficaria de mau humor se deixasse uma mulher levar a melhor sobre mim, quanto mais duas – comentou Wibbles, um homem corpulento com um sorriso largo, espessas costeletas e sobrancelhas pretas.

– Você está falando de Anne Bonny e Mary Read? Elas são conhecidamente boas lutadoras. O sr. Jones não deveria se envergonhar; por tudo que li sobre ambas, o sr. Jones tem sorte de ter sobrevivido à experiência – disse James.

– Bem, eu não falaria sobre isso com ele – disse Wibbles, olhando para ver se Ferrugem ainda estava ao alcance da voz.

– Bem, ele não deveria se envergonhar. Você sabia que alguns dos piratas mais formidáveis são mulheres? Veja Grace O'Malley, se não era uma mulher ousada: ela pediu uma audiência com a rainha Elizabeth, exigindo que seu irmão e seus filhos que haviam sido capturados fossem libertados, e a rainha os liberou. Imagine só! – ponderou James, sentindo que enfim estava em seu elemento, falando sobre uma de suas maiores paixões. Mas os homens não pareciam interessados.

– Obrigado pela aula de História, *professor* – falou o homem de aparência mais amigável da tripulação. Ele tinha um brinco

---

2 Apelido do capitão pirata John Rackham, devido às roupas de cores vivas que sempre trajava, feitas de calicô, pano fino de algodão fabricado antigamente em Calicute, na Índia. (N. T.)

de ouro, um nariz grande e pontudo, e uma camisa listrada de amarelo e vermelho. – Sou Skylights, e estes aqui são Bill Jukes, Turco, Mullins, Black Murphy, Starkey e Damien Salgado – disse ele, apontando para os homens reunidos, que resmungaram em resposta.

– É um prazer conhecê-los, cavalheiros – cumprimentou James, curvando-se para os homens com um toque no chapéu e um floreio com a mão que fez todos rirem com vontade.

– Boa noite, *professor James* – todos eles disseram em um tom zombeteiro, como alunos petulantes.

– Já chega, homens – falou Barba Negra. – Agora vão para seus postos. Nós vamos encontrar o *Temida Rainha*!

A voz de Barba Negra trouxe James de volta ao presente, soando entre grandes goladas de sua caneca.

– No que estava pensando, James? – perguntou, derramando a bebida na longa barba preta.

– Eu estava apenas refletindo sobre os meus primeiros dias aqui – respondeu, a mente ainda cheia das imagens que sua memória havia conjurado.

– Você poderia se dar bem com a tripulação se parasse de usar palavras como *refletindo*. Embora eu deva dizer que você é melhor companhia do que Jones Ferrugem – disse Barba Negra, rindo.

– Eu não esperava um jantar tão requintado em um navio pirata – disse James, mudando de assunto.

– E por que não devemos comer como reis? – indagou Barba Negra, passando o pão no caldo da carne e enfiando-o na boca, enquanto James cortava com cuidado sua porção em pedaços.

– Você se tornou um pirata impressionante, James. Eu sabia que seria um trunfo para minha tripulação. Você se saiu bem em nossa batalha com o *Temida Rainha* – ele disse, empurrando outro monte generoso de comida na boca.

– Obrigado, senhor – agradeceu James, enxugando os cantos da boca com o lenço.

– Estaríamos no Cemitério Flutuante agora se não fosse por você. Foi genial a ordem que você deu ao Jukes. Como sabia que havia excesso de pólvora naqueles barris? – perguntou Barba Negra.

– Você mencionou qual porto o *Temida Rainha* teria visitado pela última vez, que é conhecido por ser um dos maiores fornecedores da região – explicou James, sentindo-se orgulhoso de sua dedução.

– Você é atilado, James, tenho que admitir isso – considerou Barba Negra.

– O que é o Cemitério Flutuante, senhor? Você disse que estaríamos lá agora se as coisas não tivessem acontecido do nosso jeito – perguntou James, servindo-se de outra bebida.

– E de fato estaríamos. Se você não tivesse feito Jukes explodir a pólvora deles, teríamos sorte de fazer a travessia até lá. É um lugar onde velhos navios vão para morrer ou renascer. Reze para que não tenhamos motivos para visitar o local, não por algum tempo – explicou Barba Negra. – Então, qual é a sua história, James? Sei que não gosta de falar sobre sua vida antes do tempo no meu navio, mas eu gostaria de conhecê-lo melhor. – O capitão ergueu os olhos do prato, mas não lhe deu chance de responder. – Deixe-me adivinhar: seus pais são Lorde e Lady Frufru, e estão em casa retorcendo as mãos de desgosto porque temem que você traga escândalo para o bom nome da família se alguém descobrir que se tornou um pirata – falou Barba Negra, espetando um grande naco de carne com o garfo e enfiando-o na boca.

James riu.

– Isso abrange tudo, exceto que você deixou de fora a parte sobre me casar com a primeira jovem rica que me aceitasse.

– Bem, isso é de praxe, meu garoto. Minha família tentou fazer o mesmo depois que terminei meus estudos – revelou Barba Negra, a boca ainda cheia de comida. – Não fique tão chocado, meu caro rapaz. Você não é o primeiro pirata com educação ou vindo de uma boa família. Mas tenho certeza de que sabia disso com todos os seus estudos. – Barba Negra riu profunda e guturalmente.

– Eu não tinha lido sobre tal fato, senhor. Acho isso muito intrigante – disse James, sentindo pela primeira vez que não era uma aberração nessa nova vida que estava levando. Ansiara por isso tantos anos, mas nunca havia pensado quão solitário poderia ser estar cercado por gente que não compartilhava de seu interesse. De certa forma, era diferente da solidão que sentiu enquanto crescia. Fazia sentido para ele que seus pais não compartilhassem de seu interesse em piratas, mas enfim alcançar um de seus maiores sonhos e se tornar um, porém descobrir que não tinha afinidades com outros piratas, foi decepcionante. Estava feliz que finalmente parecia ter encontrado um amigo em Barba Negra, ou pelo menos era assim que se sentia naquele momento, e esperava que tivessem mais oportunidades como aquela para se conhecerem.

– Você logo aprenderá que a maioria de nossas histórias é a mesma, James. Tenho certeza de que descobrirá que todos nós estamos fugindo ou correndo para algo, ou, no seu caso, ambos. Claro, eu não apostaria que muitos dos outros homens da tripulação têm antecedentes como os nossos, e tenho quase certeza de que você é o único pirata a trazer o próprio mordomo a bordo. – Barba Negra estava visivelmente divertido. – Os homens já inventaram algum nome para você? Um de que goste, quero dizer. Lembro-me de encarregá-lo da missão de encontrar um nome de pirata adequado, e aqui estamos quase um ano depois e ainda chamo você de James.

– Nenhum dos nomes que os homens encontraram parece de fato adequado para navegar, senhor – disse James, fazendo Barba Negra rir.

– Posso imaginar – falou o capitão, servindo uma bebida mais forte a James e a si mesmo, e depois derramando de propósito um pouco dela no piso do cômodo. – Que os deuses do mar o ajudem a encontrar seu nome de pirata então, James, e que você faça jus a ele – desejou Barba Negra. – Então, o que inventaram até agora? – Barba Negra parecia estar se divertindo. Ele era como um rei amigável em seu domínio, desfrutando do banquete que Smee lhes havia preparado e rindo com vontade. Parecia a James que os aposentos de Barba Negra eram bastante régios, com lustres balançando no alto e sólidos móveis de madeira, incluindo uma enorme cama de mogno. James se perguntou onde Barba Negra teria conseguido tal cama, com os tentáculos entalhados e sedutoras sereias olhando com falsa modéstia para James conforme ele analisava o quarto. O aspecto mais intrigante era um pequeno baú de madeira em cima de uma escrivaninha esculpida que combinava com os entalhes na cama. O baú fisgou a atenção de James, com o misterioso entalhe de um olho que o encarava de uma forma muito menos atraente do que as sereias.

– Bem, senhor, Damien Salgado me chama de *o erudito*, e *professor* parece ser o meu apelido favorito entre os homens, e é claro que usam também *senhor James*. Ainda gostam de me provocar, mas o fato é que não há um homem, salvo você, que saiba mais sobre navios e suas armas do que eu, e não vou me sentir envergonhado por compartilhar meu conhecimento. – James fingia levar tudo na esportiva, mas o fato é que estava desapontado por nenhum dos homens o levar a sério, mesmo depois de se mostrar um membro diligente e digno da tripulação nos últimos doze meses.

– Não deixe isso irritá-lo. Ajudaria se você não vivesse despejando fatos para eles o tempo todo. Estes são homens experientes, James, sabem o que estão fazendo.

Mas o fato era que James achava que, àquela altura, ele já teria provado seu valor para os homens, em especial depois da batalha com o *Temida Rainha*. James sabia que havia conquistado o respeito de Barba Negra; ele lhe afirmara isso depois que a batalha acabou e repetira novamente agora, mas os homens nunca pareciam comentar sobre as conquistas dele, mesmo quando incluíam salvar suas vidas.

James se lembrava vividamente daquela noite, vendo o *Temida Rainha* submergir no oceano, as chamas se apagando como uma vela enquanto afundava, e nenhum homem, a não ser o capitão, o elogiou.

– Você se saiu bem naquela noite, James. Usou sua astúcia e habilidade, além de comandar bem os homens. Eu sabia que você seria um trunfo para minha tripulação e estou feliz que tenha demonstrado que eu estava certo. Chegará um momento em que será capaz de provar-lhes seu valor com ações, e não com palavras. Você é um bom membro da tripulação, desempenha bem seu trabalho e não há nada de errado com isso. Mas é nos perigos de uma grande batalha que os laços são forjados com os piratas. Seu dia chegará – falou Barba Negra com um sorriso tranquilizador.

– A provação com o *Temida Rainha* não foi uma grande batalha? – perguntou James.

– De fato, foi; teríamos sucumbido ao tiro de canhão do navio deles se você não tivesse pensado em ordenar que Jukes atirasse nos barris de pólvora, fazendo o navio explodir. Não há outro navio com tanto poder de fogo quanto tinha o *Temida Rainha*, mas felizmente temos alguém a bordo que os superou. Os homens, no entanto, ainda o veem como um professor rabugento, James, não como alguém que lutará ao lado deles.

– Não sei o que mais posso fazer para ganhar o respeito e a confiança dos homens – afirmou James, franzindo a testa.

– Você se saiu muito bem ao longo desse ano, e, mesmo que os outros não demonstrem, sei que os impressionou. Seu conhecimento salvou muitas vidas no pouco tempo que esteve conosco, e não apenas com o *Temida Rainha* – afirmou Barba Negra.

– Por falar no *Temida Rainha*, senhor, não deveríamos voltar...

Mas a conversa foi interrompida por um horrível estrondo.

– Pelas barbas de Poseidon, o que foi isso? – perguntou Barba Negra, olhando ao redor. O navio tremia violentamente, fazendo os lustres balançarem de um lado para o outro, apagando algumas das velas no cômodo.

– Estamos sob ataque! – exclamou James, tentando se equilibrar. Nesse momento, um grande tentáculo irrompeu pela lateral do navio e teria empalado James se ele não tivesse caído.

– Bons deuses, é um *Architeuthis dux*! – James disse, levantando-se e estendendo a mão para Barba Negra, que também havia caído no chão.

– Do que está falando, James? – perguntou Barba Negra, pondo-se de pé e olhando para o buraco na lateral do navio, lascas de madeira espalhadas pela cabine, a cômoda destruída e o baú de madeira, que estava em cima dela, aberto no chão.

– É uma lula-gigante, senhor! Um *Kraken*! – disse James, fazendo Barba Negra balançar a cabeça.

– Não é hora para aulas de latim! Suba ao convés, veja se alguém ficou ferido e avalie os danos. Estarei bem atrás de você! – disse Barba Negra, correndo para um baú que havia sido derrubado na confusão.

James emergiu do convés inferior para o caos. Os homens corriam em pânico. Um dos tentáculos do Kraken havia se agarrado ao navio, e outro estava avançando lentamente para o cesto da gávea, onde se encontrava Smee. James podia ver o pobre homem olhando aterrorizado, considerando se deveria pular.

– Smee! O que está fazendo aí em cima? – gritou James, mas Smee não respondeu: ele estava focado no tentáculo invasor deslizando em direção a ele. – Fique parado aí, Smee, vou salvar você! – gritou James.

Pela avaliação de James, era possível ver apenas dois tentáculos, mas sabia que aquela criatura possuía vários outros e não hesitaria em virar o navio, e poderia fazê-lo com facilidade em poucos momentos.

Ele tinha de agir rápido.

James espiou Bill Jukes posicionando o canhão para disparar no tentáculo que estava enrolado ao redor do navio e tinha Mullins preso ao convés. Mullins gritava, contorcendo-se em agonia. Jukes destruiria o pobre homem se ele disparasse o canhão.

– Jukes, não atire! Você vai arrancar a cabeça de Mullins e afundar nosso navio! – James berrou, enquanto Barba Negra subia para o convés vindo de seus aposentos. – Smee, aguente firme! Vou salvar você – gritou James, vendo o tentáculo se aproximar do amigo.

– James está certo, seu filho de uma ratazana! Afaste-se! – Barba Negra gritou, absorvendo a cena, e imediatamente correu para Mullins e o puxou para fora do tentáculo.

– Você está inteiro, Mullins? – perguntou Barba Negra, os olhos percorrendo o convés para avaliar a situação.

– Sim, senhor! – afirmou Mullins, olhando para o peito, que estava coberto de gosma.

– Você tem sorte por aquela coisa ter sujado você, Mullins, ou eu não teria sido capaz de puxá-lo – disse Barba Negra, limpando a gosma das mãos na camisa.

– Sim! Obrigado, senhor! – agradeceu Mullins, os olhos arregalados ao ver um terceiro tentáculo mergulhando pelo lado estibordo da embarcação, estilhaçando a madeira e fazendo o navio tremer com violência ao entrar na água. Smee gritou de terror no cesto da gávea.

– Pela barba do Grande Poseidon! – Mullins exclamou, abaixando-se quando um grande pedaço de madeira lascada passou voando por sua cabeça. Todos os homens caíram no convés quando a explosão de madeira e água foi em todas as direções.

– Espere, Smee! Aguente firme aí!

– Mullins, Turco e Starkey, levantem-se – James berrou. – Cortem aqueles cordames, enrole-os em volta do tentáculo e, quando eu der o sinal, puxem o cordame do outro lado com toda força. Skylights, prepare seu machado, e Jukes, posicione o canhão dessa maneira – orientou James, apontando para estibordo.

Os homens ficaram parados, confusos.

– O que está fazendo agora, professor? – perguntou Starkey, mas Barba Negra pareceu perceber de cara o mérito no plano de James.

– Vocês ouviram o homem, fiquem em suas posições e não questionem as ordens de James de novo, ou vou jogá-los ao mar! – gritou Barba Negra, o rosto cheio de raiva.

– É melhor isso funcionar, *professor*! – disse Barba Negra, dando uma piscadela para James.

Uma vez que Mullins, Turco e Starkey conseguiram cortar o cordame, enrolaram a folga ao redor do tentáculo do Kraken. Era tudo o que podiam fazer para segurar as cordas enquanto o Kraken virava o navio tão perigosamente que a água já inundava o convés. James não conseguia ver se Smee ainda estava no cesto da gávea, e tinha medo de que ele tivesse caído no mar, mas precisava manter o foco e esperar o melhor.

– Certifiquem-se de que está apertado! – gritou James. Ele se amarrou ao mastro com o cinto para não cair enquanto o navio balançava com violência de um lado para o outro e entrava cada vez mais água. James temia que eles afundassem.

– Skylights, prepare o machado! – gritou Barba Negra, agora segurando o timão, enquanto outra onda atingia o convés. Skylights ergueu o machado e olhou para James à espera do sinal.

– Golpeie agora! – gritou James, levantando a mão. O homem cortou um dos tentáculos, enquanto James gritava para os outros homens: – Vamos, homens, puxem! – Uma enorme onda passou por ele, que limpou a água para que pudesse ver os homens se unindo, puxando o cordame e levantando o outro tentáculo no ar.

– Mullins! Atire agora! – gritou James conforme o navio se inclinava de forma drástica para um lado, quase emborcando. Mullins foi lançado ao mar, e James tinha certeza de que acontecera o mesmo com Smee; ele não conseguia vê-lo no cesto da gávea, que agora estava perigosamente perto de entrar na água. Todos os outros homens seguravam o cordame para salvarem a própria vida, então, James logo se soltou do mastro, puxou uma faca da bota e fincou-a no convés do navio. Ele a usou para rastejar centímetro por centímetro até o canhão, que estava no pináculo do navio, agora inclinado por completo de lado. James não tinha certeza se teria forças para escalar a extensão do navio em um ângulo tão acentuado, mas empregou toda a força de vontade, dizendo a si mesmo que sua história não havia acabado; não era assim que terminaria. Ele ainda não havia encontrado a Terra do Nunca.

James enfim chegou até o canhão, que já estava carregado, mas não conseguiu acender o pavio.

– A caixa de pederneira está molhada! – gritou, tentando provocar centelhas repetidas vezes. O navio ainda estava inclinado, e ele podia ver que os homens lutavam para segurar as cordas amarradas ao tentáculo do Kraken. Ele ouviu os gritos desesperados da tripulação chamando seu nome de todas as direções. Então, viu Barba Negra na outra extremidade do navio, agarrando-se à sua preciosa vida ao lutar contra os tentáculos gigantes que estavam enrolados em sua perna e seu pescoço. James nunca o tinha visto tão assustado.

– James! – gritou Barba Negra, e jogou algo para James com a mão livre.

– Capitão, não! – gritou James. Nunca esqueceria o olhar de puro terror no rosto de Barba Negra ao ser puxado para baixo d'água.

James olhou para o item e, em meio ao caos, percebeu que era uma esquisita caixa de pederneira. Sem pensar duas vezes, rapidamente acendeu o pavio e posicionou o canhão.

– Fogo! – gritou. O disparo explodiu ao meio o tentáculo enrolado ao redor da embarcação. Ele afrouxou o aperto e, com isso, o navio saltou na outra direção, balançando com intensidade para a frente e para trás antes de se endireitar na posição correta.

James correu para onde vira Barba Negra pela última vez e, sem hesitar, mergulhou para fora do navio. Abriu os olhos na água turva e avistou o Kraken deslizando para longe do navio, arrastando o tentáculo danificado logo atrás. Havia tanto sangue na água que James não conseguia ver direito, mas conseguiu distinguir a forma escura e sem vida de Barba Negra, flutuando como um fantasma, o casaco ondulando ao seu redor.

James nadou pelo oceano tingido de sangue até Barba Negra, estendendo a mão ao se aproximar o suficiente para agarrá-lo. Mas, assim que lhe estendeu a mão, Barba Negra foi agarrado por um tentáculo e arrastado para baixo, fora de vista nas profundezas escuras. James nadou o mais rápido que pôde, seguindo o rastro de sangue, mas sabia que havia cometido um erro. Ele não seria capaz de ficar lá embaixo por muito mais tempo e não conseguia enxergar além do sangue.

Não era assim que sua história deveria terminar. Ele podia sentir os pulmões começando a se contrair e estava perdendo as forças. O mais rápido que pôde, mudou de sentido e nadou em direção à superfície, mas havia seguido Barba Negra muito fundo – ele nunca chegaria à superfície. E, naquele momento, soube que sua história havia terminado antes que houvesse propriamente começado. Com o coração cheio de arrependimento, soltou a respiração e tudo escureceu.

CAPÍTULO IV

O CESTO DA GÁVEA

Smee assistiu horrorizado enquanto James mergulhava na água atrás de Barba Negra e prendeu a respiração à espera de que ele voltasse à superfície. Apenas alguns momentos antes, o Kraken havia tombado o navio de lado, fazendo o cesto da gávea bater contra a água. Smee estava encolhido ali dentro, agarrado ao mastro para salvar sua vida, retraindo-se o máximo que pôde e esperando que ele e o navio não estivessem sendo puxados para baixo. Sentiu-se como se estivesse dentro de uma rolha boiando na água.

Viu James mergulhar no oceano assim que o navio foi endireitado. Smee já temia que acabaria perdendo James para Barba Negra, mas não dessa maneira. Havia notado o quanto James e Barba Negra respeitavam um ao outro, e tinha certeza de que Barba Negra estava prestes a torná-lo seu primeiro imediato. E, embora isso o deixasse feliz por James, perguntava-se o que seria do relacionamento deles.

De modo racional, sabia que não havia como James sobreviver debaixo d'água por tanto tempo, mas tinha uma sensação inexplicável de que o jovem ainda estava vivo. Nada na vida de James era típico, na opinião de Smee, e ele parecia ter uma extraordinária boa sorte. De que outro jeito se explicaria o fato de ele ter assumido um posto no navio de Barba Negra, justo o capitão que idolatrava? É claro que James nunca admitiria, mas havia lido tudo o que podia sobre Barba Negra e tinha como meta se juntar à tripulação do pirata. Que estranho golpe de sorte atraiu James para aquela taverna naquela noite, o lugar em que iria impressionar o temido Barba Negra em pessoa?

Contudo, impressionar o homem era outra história. Smee sabia que sorte não tinha nada a ver com isso; era *exclusivamente* mérito de James. O conhecimento, a habilidade e a personalidade única conquistaram Barba Negra, assim como foi graças a James a vitória na batalha com o *Temida Rainha*. Nenhum deles estaria vivo agora se não fosse por James e seu raciocínio rápido. Smee sempre achou que James fosse um garoto inteligente, e agora se tornara um homem notável, e também um pirata. É claro que não era como os outros homens da tripulação, mas James nunca foi como ninguém que Smee já conhecera. Ainda assim, na opinião de Smee, James tinha se saído bem no navio de Barba Negra.

Claro que, vez por outra, ele cometia erros ao se comunicar com os homens. James tinha a tendência de falar com as pessoas como se elas não soubessem do que ele estava falando, mas havia uma razão para isso: na maioria das vezes, as pessoas não sabiam mesmo. Smee nunca se importou com as conversas prolixas de James ou que ele parecia saber muito sobre os assuntos que o inspiravam e podia falar sobre eles por horas. Smee via isso como a chance de ter contato com uma educação que ele próprio não teve por começar a trabalhar tão jovem. Para o mordomo, parecia que ele também fora para uma grande faculdade, e estava feliz por ter ouvido James todos aqueles anos, em especial no assunto piratas, e, como resultado, Smee agora se orgulhava de seu conhecimento sobre pirataria e estava ainda mais orgulhoso de James.

Smee se distraiu com as lembranças de seu encontro com o *Temida Rainha* enquanto balançava no cesto da gávea. O *Temida Rainha* era o maior navio que ele já vira, com as fileiras de canhões de cada lado, sem falar no canhão gigante a estibordo. Era um monstro colossal com a boca de uma sereia de aparência cruel. James deixou claro que ele não achava que atacar o *Temida Rainha* era uma boa ideia, mas Jukes achava que tinham a vantagem da surpresa, abalroando-os à noite, e a atração suscitada pelos rumores sobre o tesouro que o *Temida Rainha* levaria a bordo era muito tentadora para Barba Negra resistir. Justiça seja feita, Jones Ferrugem tinha pensado em um plano para agirem de forma furtiva, ancorando o navio a alguns metros de distância do *Temida Rainha*, e discretamente se aproximarem usando os botes salva-vidas na calada da noite, para que o ataque deles fosse uma surpresa, mas James achou que eles deveriam deixar alguns dos homens no navio, temendo que ficassem indefesos se a outra tripulação os descobrisse.

– Estou certo de que isso é uma armadilha – dissera James. – Tenho uma teoria sobre o *Temida Rainha*. Acho que eles atraem outros navios com grandes histórias sobre seus tesouros apenas para saquear os navios e as tripulações que os atacam.

– Se você tem medo de se juntar ao nosso grupo de ataque, fique para trás no navio se quiser, *professor*. Não temos tempo para suas teorias – disse Ferrugem, zombando de James com desgosto.

– James tem razão, Ferrugem – concordou o capitão. – Precisamos de pelo menos alguns homens no navio para que possamos defender você e os outros, caso isso seja uma armadilha, afinal de contas.

Smee sabia que James não achava que atacar o *Temida Rainha* fosse uma boa ideia, mas ficou aliviado por Barba Negra ter concordado em manter alguns homens a bordo do *Espectro Silencioso*.

– Não é uma armadilha, capitão, eu lhe asseguro, senão teríamos ouvido antes o que a tripulação do *Temida Rainha* estava fazendo – disse Ferrugem.

E assim foi decidido: seguiriam o plano de Ferrugem. O *Temida Rainha* era um troféu que Barba Negra buscava há algum tempo, e parecia a Smee que havia algum tipo de ressentimento; aquele ataque era mais do que apenas pelo tesouro. Mas, também, Smee achava que havia algo mais em Barba Negra do que sua reputação poderia sugerir. Podia ver como conseguira sua notoriedade: ele era um capitão impressionante, um lutador feroz que não mostrava misericórdia para com seus inimigos e um mestre navegador, mas também era um homem bom e muito inteligente. Smee ficou surpreso com o quanto ele o admirava, embora, uma vez que percebeu as características que Barba Negra e James tinham em comum, deu-se conta de que não era surpresa nenhuma, afinal.

Smee, James, Barba Negra e um punhado de homens observaram enquanto Ferrugem e os outros membros da tripulação remavam até o enorme navio, movendo-se lenta e silenciosamente através da névoa pesada que se agarrava à superfície da água. Quando estavam na metade do caminho, viram arpões flamejantes riscando o céu noturno como estrelas cadentes, incendiando a água que cercava os homens em seus botes.

– É uma emboscada! Derramaram óleo na água! – constatou Barba Negra, enquanto as lanternas do *Temida Rainha* pareciam se acender todas de uma vez. Se Smee não estivesse tão assustado, teria ficado impressionado ao se dar conta de como o ataque do inimigo fora bem planejado e admirado com todo o esplendor do magnífico navio brilhando contra o horizonte negro. Ele viu inúmeros homens e mulheres alinhados no convés prontos para a batalha, suas espadas erguidas e suas vozes entoando brados de estímulo. Mas ainda mais assustador era a tripulação parada em cada canhão segurando tochas, pronta para acender pavios, seus uivos e gargalhadas ecoando nos ouvidos do mordomo. Smee estava com mais medo do que nunca naquele momento, vendo os companheiros cercados em chamas, indefesos nos pequenos botes, sem mencionar a multidão de canhões apontados para eles e para o *Espectro Silencioso*. Ele tinha certeza de que ia morrer naquele dia. Mas, antes que Barba Negra pudesse dar alguma ordem, James falou:

– Levante as velas e avance sobre o *Temida Rainha*!

– Você está fora de seu juízo perfeito? Eles vão nos destruir! – exclamou Jukes.

– Faça o que eu digo e ice as malditas velas, e, quando eu disser, atire direto nos barris ao lado do canhão dourado! – E aqui é onde a estranha sorte de James entrou em jogo – o céu de repente explodiu com relâmpagos tão altos que os homens se abaixaram, pensando que o *Temida Rainha* havia disparado seus canhões. O vento se agitou, sacudindo o navio contra as ondas, e a chuva caía torrencialmente.

– Você não sabe do que está falando! Deveríamos estar atirando neles! – Jukes parecia não saber o que era mais aterrorizante: a tempestade que ainda não os atingira por completo ou o *Temida Rainha*.

– Você quer que seus amigos morram? Faça o que eu digo!

Smee estava muito orgulhoso de James naquele momento, e lhe pareceu que o jovem subira na avaliação de Jukes, enfrentando-o dessa maneira.

– Você tem suas ordens, Jukes, ou quer ir ao mar e se defender como seus irmãos? – disse Barba Negra com um olhar intimidador que fez Jukes correr.

– Você ouviu o capitão, içar as velas! – gritou Jukes para os outros homens. Lutaram para puxar os cordames e levantar as velas, que logo foram infladas pelo vento e os moveu para a frente a uma velocidade tremenda. Se Smee acreditasse em tais coisas, teria pensado que tudo se devia à magia. De que outro jeito eles teriam ventos tão fortes como precisavam? Ele quase podia ouvir os sons de risadas no vento, ecoando ao redor, e o navio foi lançado em direção ao *Temida Rainha*, que começara a disparar os canhões. Tudo em que Smee conseguia pensar era como devia ser assustador para os homens nos botes estarem entre dois navios atirando um no outro. E, então, ele ouviu a voz de James acima do vento, da chuva e dos trovões, e ainda mais alto que os canhões.

– Atire agora! Mire nos barris! – exclamou, apontando para o *Temida Rainha,* e, no momento do impacto, houve uma enorme explosão, que espalhou o estibordo inteiro do navio para todos os lados.

O caos estava instalado, enquanto os homens retornavam para o *Espectro Silencioso* e a tripulação restante do *Temida Rainha* entrava nos botes, fugindo para salvar suas vidas ao passo que seu navio afundava lentamente no mar.

Quando todos os homens estavam de volta a bordo em segurança, colocaram Jukes em seus ombros enquanto o carregavam ao redor do navio em comemoração, elogiando-o por salvar suas vidas. Skylights pegou um barril de grogue e começou a distribuir canecas conforme festejavam. Smee viu James e Barba Negra parados observando os outros celebrarem, e ele sabia que o capitão estava elogiando James pelo raciocínio rápido. Smee só desejava que fosse James nos ombros daqueles homens, porque fora ele quem garantira a vitória.

Tinha certeza de que James garantiria a vitória naquele dia também. Se ao menos ele subisse à tona. Não queria perder a esperança, mas, quanto mais tempo James e Barba Negra permaneciam no mar, mais o coração de Smee desanimava. No entanto, James tinha uma sorte incrível, e Smee iria se agarrar a isso, do mesmo jeito que se agarrara ao cesto da gávea para salvar a própria vida.

CAPÍTULO V

O BAÚ

Quando James acordou, ainda estava submerso, mas não entendia como conseguia respirar. Ele havia sonhado como seria viver debaixo d'água tal qual uma criatura marinha, mas nunca imaginou que seria tão bonito e aterrorizante ao mesmo tempo. Ao seu redor, havia navios afundados, apodrecendo e se deteriorando, que pareciam entrar e sair de foco através da água turva verde-azulada. Ele nunca havia visto navios tão notáveis, com as velas maciças flutuando nas correntes como se ainda estivessem singrando os mares. Perguntou-se o que teria acontecido com os marinheiros daquelas embarcações majestosas; eles também estariam naquela sepultura marítima, os ossos agora sob o fundo do mar? Ou alguns voltaram para contar suas histórias? O Kraken jazia imóvel a cerca de seis metros de distância, esparramado no fundo do oceano, e o tentáculo cortado parara de sangrar há muito tempo. James nadou até a fera titânica e a inspecionou na esperança de encontrar Barba Negra – ele temia que o capitão estivesse esmagado sob a enorme criatura. Começou a entrar em pânico, certo de que o grande Barba Negra estava morto, e continuava a se perguntar de que modo ainda estava vivo e respirando, e esperava que, de alguma forma, assim como ele, Barba Negra estivesse vivo também.

– Por aqui! Encontrei seu amigo! – gritou uma voz aguda tão penetrante que ele pensou que seus tímpanos iriam estourar. Não conseguia imaginar qual criatura poderia produzir tal barulho. Então, ele a viu: era uma curiosa fusão de peixe e ser humano, não uma sereia como as que ele conhecia, mas algo muito diferente. O rosto era vagamente humano, mas os olhos eram grandes e bulbosos como os de um peixe, e ela tinha guelras nas laterais do rosto de estranha beleza. O corpo também era uma combinação bizarra; tinha a forma de uma mulher humana, mas era coberto de escamas verdes e douradas luminescentes, e as mãos e os pés eram palmados. A boca era larga como a de um tamboril e, ao falar, revelava muitas fileiras de dentes afiados. Se ela não estivesse tentando ajudá-lo, ele teria ficado com medo.

– Venha rápido! – chamou ela, fazendo os ouvidos de James doerem tanto que ele os tapou com as mãos, certo de que deviam estar sangrando devido à dor horrível que a voz da sereia provocava.

Sinto muito, disse ela, sem produzir um som, apenas articulando as palavras com os lábios, e ele pôde ver que ela não estava tentando machucá-lo.

Então é assim que é *uma sereia das profundezas do mar*, pensou. Ele sempre imaginara que fossem todas iguais. A sereia tentava freneticamente despertar Barba Negra sacudindo-o, quando James enfim os alcançou. Barba Negra se encontrava imóvel no fundo do oceano, sem vida e pálido de um jeito horrível. Ao lado de Smee, ele era o amigo mais próximo que tinha, e James não estava pronto para perdê-lo.

– Ele está morto? – perguntou o jovem, mas a palidez de Barba Negra respondia à pergunta: tinha hematomas profundos no pescoço causados por estrangulamento pelo tentáculo do leviatã, a pele um tom branco-azulado e os olhos saltando das órbitas.

A sereia virou a cabeça e fez uma careta para algo que James não conseguia ver. *Ele está vindo!*, ela moveu os lábios sem produzir som, parecendo em pânico e afastando-se cada vez mais. *Temos de ir agora.*

– Quem está vindo? Não posso deixar meu capitão aqui – falou James, conforme a sereia nadava depressa para longe. – Não vá embora, preciso de ajuda para levar o corpo dele de volta ao navio! – Contudo, a sereia já estava fora de vista. James tentou arrastar o corpo de Barba Negra, mas era muito pesado; não havia como ele ser capaz de nadar até a superfície carregando-o. – Não se preocupe, senhor, vou dar um jeito, não vou deixar você! Este não é o nosso destino.

– Mas este é o seu destino, James – falou uma voz sinistra, cortando a água como uma onda de choque. – É aqui que os mortos vêm para que possam ser levados ao seu descanso final.

James olhou em volta assustado, imaginando de onde vinha a voz, mas não viu ninguém.

– Não vou deixar você levá-lo! – protestou James, olhando freneticamente ao redor para ver com quem estava falando.

– Você não tem escolha, e vou levar vocês dois – anunciou a voz, ecoando através do túmulo submerso.

– Mas não posso estar morto. – *Posso?* – Este não é o fim da minha história. – James se perguntou se estava sonhando. Nada daquilo parecia real.

– Bem, você sabe o que dizem sobre homens mortos – retrucou a voz, agora rindo.

– Quem é você? Mostre-se! – exclamou James, apertando os olhos, tentando enxergar através da água turva. Um enorme navio se materializou na escuridão à sua frente. O navio parecia vivo e morto, como os restos esqueléticos de um navio outrora belo, agora torcido e tornado grotesco pela decomposição. A popa parecia uma grande boca aberta pronta para devorar qualquer coisa no caminho, e o convés era povoado por centenas de homens e mulheres navegantes que haviam perdido a vida para os perigos do mar. O *Holandês Voador*! James tinha certeza de que devia estar sonhando; tinha lido histórias assim, mas nunca acreditou que fossem reais. Ao timão, estava um capitão espectral com um sorriso grave no rosto, que provocou um calafrio em James. As enormes velas do navio flutuavam como fantasmas nas águas atrás dele.

James havia lido sobre tal divindade da morte, encarregada de conduzir as almas perdidas ao seu local de descanso, mas achava que tudo não passava de lenda e mito.

– Você é Duffer Jones. – James mal podia acreditar que aquilo estava acontecendo. Ele não sabia se estava preso em um pesadelo horrível, realmente morto ou ambos. Perguntou-se se estava sendo punido por abandonar a família e seu dever para com eles. Não podia acreditar que era assim que sua história terminaria, e prometeu a si mesmo que assumiria a missão de garantir que sua mãe fosse cuidada se ele saísse vivo dessa.

– Sou conhecido por muitos nomes, James. Pode me chamar do que quiser, Duffer, Davy, Jonah, o Anjo da Morte dos Marinheiros, qualquer um deles serve. Estou obrigado pela grande deusa Calipso a transportar todos os que morreram no mar para o outro mundo. Você vai pacificamente ou vai tornar as coisas mais interessantes e lutar? – indagou o pirata fantasmagórico.

– Vamos lutar – respondeu Barba Negra, surpreendendo James. O mentor estava ao seu lado, forte como sempre.

– Capitão! Você está vivo.

– Digamos que sim – disse Barba Negra, piscando para James. – Você ainda está com aquela caixa de pederneira que joguei para você? – perguntou Barba Negra baixinho, cutucando James com o cotovelo, mas sem tirar os olhos da divindade espectral. James a tirou do bolso e a entregou-lhe dissimuladamente.

– Fique firme, James. Não vacile, fique forte, não saia deste lugar e confie em mim, vamos perseverar – afirmou Barba Negra antes de soltar um uivo angustiante tão alto que parecia digno de acordar o próprio oceano. A água rodopiou em torno deles com grande força, fazendo com que os outros navios subissem do fundo do mar e se revirassem nos ciclones. O pirata fantasmagórico riu.

– Vejo que você também tem grandes deusas à sua disposição, Barba Negra. Vamos ver quem é mais forte? – E, sem aviso, a tripulação do capitão morto emergiu das entranhas do navio e avançou.

– Venham com tudo, seus demônios! – Barba Negra gritou conforme o enxame de fantasmas piratas os atacava, com rostos contorcidos de raiva e podridão. James queria correr, mas se lembrou das palavras de Barba Negra e se manteve firme; pensou que, se ia morrer naquele dia, pelo menos o faria bravamente e ao lado de um grande homem. Ele teria uma boa morte, e talvez um dia a história dele e de Barba Negra fosse contada nas grandes sagas e os marinheiros cantariam canções de suas aventuras. Justo quando James estava prestes a fechar os olhos e se preparar para a morte, uma luz brilhante emergiu da dourada caixa de pederneira na mão de Barba Negra. Ela irrompeu como uma estrela explodindo, o clarão mandando tudo ao redor cambaleando para trás, e Barba Negra e James para cima em uma velocidade assustadora. James se segurou em Barba Negra à medida que eram impelidos através da água, mas o perdeu quando dispararam pelo ar, para logo voltar a bater de novo na superfície da água. James olhou em volta e viu Barba Negra a poucos metros, desmaiado e afundando de volta no oceano.

James nadou até Barba Negra e usou toda a força para puxá-lo à superfície. O temível pirata era tão corpulento que o peso quase arrastou James para baixo com ele.

Uma vez na superfície, James encontrou uma parte do navio que havia se soltado na luta com o Kraken e rapidamente a agarrou. Puxou um apito de prata do bolso e soprou até que os homens olhassem para o mar. Skylights espiou por cima da amurada.

– Ah! Pensamos ter perdido vocês! – disse Skylights e então chamou os outros homens para ajudar.

James podia ver Smee o olhando do cesto da gávea, sorrindo.

– Senhor James! Senhor James, você está vivo!

– Jogue a escada de corda! – gritou James, lutando a fim de puxar Barba Negra para o navio. – Rápido! – Foi preciso empregar toda a sua força para impedir que o capitão afundasse mais uma vez; ele mal estava consciente, e, peso morto, ficava mais pesado a cada momento. James temia perdê-lo.

– Senhor, por favor! – James implorou. – Aguente um pouco mais. – Nesse momento, a escada de corda caiu pela lateral do navio. James logo abriu o cinturão, enrolou-o no de Barba Negra e depois o prendeu de novo na própria cintura. Dessa forma, não perderia o capitão, mas isso também significava que se Barba Negra afundasse de novo, o mesmo aconteceria com James.

– Senhor, por favor, agarre-se em mim – implorou o jovem. Mas Barba Negra estava desmaiado ou morto. James não ia perdê-lo, não depois de tudo pelo que passaram. – Senhor! Acorde – pediu, batendo no capitão com um golpe vigoroso, trazendo-o de volta. – Desculpe-me, senhor. Segure-se em mim – pediu James, mas não sabia se Barba Negra podia ouvi-lo. O capitão parecia terrivelmente pálido, e James não tinha certeza se Barba Negra sobreviveria.

– Skylights, chame todos os homens para nos puxar para cima! Não consigo arrastá-lo sozinho – disse James, segurando-se na escada de corda, sem saber se os homens também conseguiriam levantá-la. Barba Negra era muito mais pesado do que ele, e agora James estava preocupado em ter cometido um erro amarrando-os juntos.

– Senhor, por favor, não me solte, você vai me levar para baixo também – falou, conforme a tripulação içava a escada de corda com toda força, centímetro por centímetro, até que, enfim, puxaram Barba Negra e James para cima, largando-os bruscamente sobre o convés. James abriu o cinturão, levantou-se e bateu no esterno de Barba Negra, forçando-o a expelir a água dos pulmões como um gêiser. Barba Negra estava ofegante, tossindo e cuspindo água, e não parecia capaz de respirar. James continuou batendo, esperando conseguir forçar toda a água para fora, quando de repente sentiu alguém puxá-lo com violência para trás e para longe de Barba Negra.

– O que está fazendo com ele? – gritou Jukes, segurando uma faca contra a garganta de James, que ficou sentado, imóvel de medo e atordoado por tudo o que tinha acontecido.

– Ele estava salvando a minha vida, seu velho lobo do mar idiota! – falou Barba Negra, sentando-se e recuperando o fôlego. – Guarde essa faca e avalie os danos do meu navio! – Então, olhando para James, perguntou: – Todos foram contabilizados, James?

James voltou a ficar de pé, suas pernas trêmulas, e deu uma olhada ao redor, sentindo-se atordoado e sem fôlego.

– Homens, apresentem-se! – ordenou ele. Todos, exceto Mullins e Smee, gritaram seus nomes.

– Smee, você está bem? – perguntou James, olhando para o cesto da gávea, que aparentava que poderia desabar a qualquer momento. – Smee, meu caro amigo, desça aqui imediatamente!

– Sim, senhor! – disse Smee, parecendo que se saíra muito melhor do que qualquer outro da tripulação, mas com medo de descer do mastro danificado.

– Skylights, como está nosso navio? – James se sentia tonto, instável em seus pés, e os nervos em frangalhos, além disso, de alguma forma perdera o rastro de Barba Negra. – Alguém ajude Smee a sair do cesto da gávea! E onde está o maldito capitão?

– O capitão está em seus aposentos, senhor. Ele não parecia bem – gritou Mullins, enquanto estendia a mão para Wibbles, que estava ajudando Smee a subir no convés, enfim livre do cesto.

– Smee, meu bom homem! Estou muito feliz em vê-lo são e salvo – disse James, puxando-o para si e abraçando-o com força. – Não sei o que faria se o perdesse. O que você estava fazendo no cesto da gávea, afinal?

– É o melhor lugar para ficar de olho em você, senhor. Mas vejo agora que não precisa da minha proteção. Nunca vi tanta bravura – afirmou Smee, cheio de orgulho. – É melhor verificarmos o capitão, senhor.

James e Smee encontraram Barba Negra recolhendo alguns itens espalhados que haviam caído no chão e colocando-os de volta em um baú de madeira, aquele que James havia visto antes com o entalhe de um olho.

– Senhor?

Barba Negra ergueu as vistas brevemente do baú; James podia ver grandes hematomas em volta do pescoço, no ponto onde os tentáculos do Kraken o haviam puxado para baixo, e ele não parecia melhor do que quando James o encontrou no fundo do oceano.

– Qual é o relatório, James?

– Todos contabilizados, senhor – respondeu James, piscando de perplexidade, ainda se sentindo atordoado por tudo o que acontecera.

– E o que diz Skylights? Como está meu navio?

– Teremos sorte se conseguirmos levá-lo ao Cemitério Flutuante, senhor – disse Skylights, entrando na sala naquele momento e parando ao lado de Smee.

– Está tão ruim assim? – perguntou Barba Negra, olhando para Skylights.

– Temo que sim, senhor. É hora de aposentar o *Espectro Silencioso.* – Skylights baixou a cabeça.

– Que assim seja, então – falou Barba Negra, olhando ao redor da cabine como alguém olha para um ente querido que sabe que está fadado a perder. – Você está bem, Smee? Parece que era quem estava mais seguro entre nós lá em cima no cesto da gávea... Quem teria imaginado? – perguntou Barba Negra.

– Tem certeza de que está bem, Smee? Devemos pedir para Turco dar uma olhada em você? – perguntou James, preocupado com o seu querido amigo.

– Estou muito bem, senhor, não se preocupe comigo. E posso dizer que você foi incrível hoje, simplesmente brilhante. A maneira como mergulhou na água atrás do capitão! Nunca vi tanta bravura. Você salvou a pátria! – exclamou Smee, olhando para James com orgulho. Então, limpou a garganta. – Claro, você também foi brilhante, senhor. Vocês dois salvaram a pátria – Smee disse, parecendo envergonhado e com medo de ter ofendido Barba Negra.

– Não, você está certo, sr. Smee. James salvou a pátria. Se não fosse por sua bravura, todos teríamos feito nossa última viagem no *Holandês Voador.* – Barba Negra colocou o braço em volta de James, puxando-o para um abraço. – Obrigado, James. Devo-lhe minha vida. Acho que você sabe que eu ia lhe pedir para ser meu primeiro imediato quando o convidei para jantar comigo esta noite, mas penso que tenho algo que você vai gostar ainda mais – revelou Barba Negra com um sorriso. – Agora, se o restante de vocês me der licença, eu gostaria de falar com meu primeiro imediato a sós.

Smee e Skylights saíram dos aposentos, mas James falou antes que Barba Negra pudesse compartilhar o que tinha em mente.

– Com licença, senhor, mas você de fato salvou minha vida lá com o *Holandês Voador*. Eu não posso levar o crédito.

Barba Negra apertou o ombro de James e depois deu um tapinha nas costas dele:

– O que faz você pensar que saímos vivos? – indagou, rindo.

James sempre achou que Barba Negra tinha um estranho senso de humor, mas não pôde deixar de se perguntar se ele estava falando sério. Tudo o que tinha acontecido parecia impossível e como um sonho. Perguntou-se diversas vezes debaixo d'água se estava vivo ou morto.

– Se você não tivesse sido corajoso o suficiente para mergulhar atrás de mim, não teríamos aquela caixa de pederneira encantada, e cada um de nós seria levado para o outro lado. Tudo o que fiz foi usá-la. – Barba Negra pegou o pequeno baú de madeira com o entalhe de olho e o entregou a James.

– Isto é seu agora, meu filho. E vou lhe contar tudo a caminho do Cemitério Flutuante!

CAPÍTULO VI

O CEMITÉRIO FLUTUANTE

Em todos os cantos dos muitos mundos, existem lugares como o Cemitério Flutuante, onde os navios morrem ou esperam renascer. Quando o *Espectro Silencioso* entrou no cemitério oceânico, James ficou surpreso com a habilidade de navegação de Barba Negra atravessando espaços tão apertados.

A entrada era uma maravilha: ladeada por duas enormes estátuas de Poseidon que se estendiam mais alto do que a montanha mais alta e, uma vez atravessados os portões ciclópicos, deslizaram por navios deteriorados. James nunca tinha visto navios assim, com tratamento de douração, alguns com sereias como figura de proa e outros adornados com Krakens e esqueletos esculpidos com ornamentos e bandeiras coloridas hasteadas. Os navios vikings eram os mais espetaculares, com as imponentes figuras míticas de serpentes marinhas com grandes chifres e representações de seus deuses e runas entalhadas em cascos habilmente trabalhados. Ele sempre imaginou que os navios vikings fossem muito maiores, mas o tamanho menor não diminuía a majestade e o esplendor. Alguns se encontravam em perfeitas condições, parecendo à espera de que um capitão os reivindicasse, enquanto outros davam a impressão de que apenas um milagre os mantinha à tona.

O *Espectro Silencioso* cortou sem esforço a névoa espessa que pairava na superfície da água ao deslizar pela beleza e decadência. James achava que havia um encanto especial nas coisas que eram esquecidas e negligenciadas, e ansiava por aprender as histórias de todos os navios no cemitério, a fim de registrá-las. Enquanto apreciava a incrível visão, James notou que, onde a névoa era mais fina, era possível ver luzes brilhando lá embaixo, nas profundezas marítimas. As pequenas luzes bruxuleantes pareciam atraí-lo, e ele se perguntou se era ali que aprenderia as histórias daqueles gloriosos navios.

– Não olhe para as luzes por muito tempo, James, senão elas o atrairão – aconselhou Barba Negra, mantendo o olhar à frente. James podia ver que Barba Negra procurava um navio em particular.

– O que são elas, as luzes? – perguntou James, sentindo um desejo estranho e poderoso de mergulhar na água e ver por si mesmo.

– Velas, acesas para a alma dos capitães que se recusaram a deixar seus navios serem conduzidos ao além pelo *Holandês Voador* – explicou Barba Negra. Isso provocou um arrepio em James que o fez sentir mais frio do que nunca. Ele estava hipnotizado pela beleza e pelo terror do lugar, olhando para todas as luzes de velas a brilhar na água.

– Mas onde estão os capitães? – perguntou o jovem.

– Segurando suas velas – disse Barba Negra.

James imaginou como devia ser para as pobres almas mortas presas para sempre naquele lugar e se perguntou se ele mesmo se encontraria ali um dia.

– Que pensamento horrível – soltou James, tentando se livrar do calafrio que o atingiu.

– Não se preocupe, jovem senhor. Se o navio for recuperado por outro capitão, a luz se apaga e o espírito é libertado. Alguns dos espíritos eventualmente optam por ir além do véu, enquanto outros habitam seus navios, como este. É por isso que o chamo de *Espectro Silencioso*, pois está impregnado dos espíritos de seus capitães anteriores. Ficarei triste por me separar dele – declarou Barba Negra.

James sempre sentiu que havia algo de outro mundo no navio de Barba Negra, e agora sabia por quê.

Enquanto James observava o mar de navios ao redor se estendendo à frente, em interminável esplendor e corrosão, seus olhos se fixaram em um magnífico navio alto, equipado com velas maciças. Parecia quase mágico para James, todo vermelho e dourado, com a bandeira Jolly Roger balançando orgulhosamente ao vento. Não era, de modo algum, o mais imponente do cemitério, mas havia algo nele que o atraiu. James se viu na embarcação e sabia que, de alguma forma, ela era o próximo passo em sua busca para encontrar a Terra do Nunca.

– Sim, o *Jolly Roger*, ele é uma beleza, não é? – falou Barba Negra, vendo James lançar o olhar com admiração sobre o belo navio. – Quando o levei da orla, com alguns de seus tesouros, ele foi amaldiçoado por três bruxas. Disseram que a única maneira de quebrar a maldição era entregá-lo livremente a alguém que salvasse a minha vida, e esse é você, James. Ele é seu. – Então, acrescentou: – E minha tripulação também.

James pensou que não poderia estar ouvindo Barba Negra corretamente. Não havia como ele lhe dar este navio *e* sua tripulação.

– Mas, senhor, apenas começamos nossa jornada juntos, eu não poderia deixar que você me desse seu navio.

– Você será um bom capitão, James. Meu tempo enfim terminou. Estou cansado de fugir do meu destino. Você me lembrou disso quando estávamos conversando mais cedo. – Barba Negra agora olhava para as luzes tremeluzindo sob a água.

– Você acha que é isso que estou fazendo, senhor? Fugindo do meu destino? – perguntou James, pensando na sua vida em casa e na promessa que fez a si mesmo quando achou que ia morrer. Embora mal pudesse chamar de vida o que tinha em Londres. Caso estivesse lá agora, sua mãe estaria lhe empurrando todas as jovens casadoiras de boa posição social e financeira até que ele concordasse em se casar com uma delas, e como seria a vida depois de casado? Sufocando em salas de estar, desejando estar na Terra do Nunca. Era esse o seu destino? Ele conhecia muitos homens que escaparam de casamentos arranjados e adquiriram maus hábitos, passando todo o tempo em clubes, empacados em seu desenvolvimento, parecendo nunca crescer, e ele se perguntava se tais homens também haviam caído de carrinhos de bebê e experimentaram um gostinho da Terra do Nunca. James não queria passar a vida daquele jeito. Ele se certificaria de que sua mãe fosse bem cuidada, mas não desistiria de seus sonhos.

Mesmo que jamais encontrasse a Terra do Nunca, pelo menos em mar aberto, ele sentia que podia respirar.

– Você está correndo em direção ao seu destino, uma vida melhor, e tem tudo isso diante de si. Pode escolher o tipo de homem que quer ser. A escolha é sua, James, de mais ninguém – disse Barba Negra, pegando algo dourado do baú de madeira adornado com o olho ameaçador, que parecia estar perscrutando a alma de James.

– Quero que você fique com estes itens, James. Eu os encontrei em uma terra mágica distante chamada Muitos Reinos – explicou o capitão, entregando a James um par de fivelas de botas de ouro e um pedaço de pergaminho enrolado. – E isto, meu jovem amigo, é um mapa para os Muitos Reinos. Sei que não é sua amada Terra do Nunca, mas é um lugar maravilhoso, cheio de magia. Preciso que você procure as três bruxas mais poderosas daquelas terras e lhes diga que dei a você meu navio para que eu seja libertado da maldição. E tenho certeza de que elas podem lhe mostrar o caminho para a Terra do Nunca. Mas, tenha cuidado, James, sempre há um preço com as Irmãs Esquisitas.

– As Irmãs Esquisitas? Essas são as bruxas que amaldiçoaram você e seu navio?

– As próprias. Mas você é mais esperto do que eu era na sua idade, meu rapaz. Você não vai cair em uma das pegajosas armadilhas das bruxas. Apenas faça o favor que elas lhe exigirem em troca da informação que procura, nada mais, nada menos, e, faça o que fizer, não minta, não tente enganá-las nem tomar seus tesouros. Elas sempre sabem. Esse foi o meu erro.

– E as fivelas de botas também foram um presente das bruxas? – perguntou James.

– Um tipo de presente – disse Barba Negra, rindo. – Vamos apenas dizer que eu não as usaria quando você as visitasse. Mas você não precisa se preocupar com a maldição no navio; cumpri minha parte dando-o a alguém que salvou minha vida. As bruxas são traiçoeiras, mas cumprem a palavra, para o bem ou para o mal.

James segurou as fivelas das botas na mão e sentiu uma onda de medo atravessá-lo, uma sensação de formigamento que lhe percorreu o corpo inteiro. Ele soltou as fivelas, que caíram no chão. Analisou-as, hesitando antes de pegá-las.

– As fivelas não são amaldiçoadas, meu rapaz! – disse Barba Negra.

– Como você sabe que elas não são amaldiçoadas? – disse James.

– As Irmãs Esquisitas adoram se gabar de seus feitos. Imagino que, se fossem amaldiçoadas, elas teriam prazer em me falar – disse Barba Negra.

– E você acha que essas mulheres vão me ajudar a encontrar a Terra do Nunca? – perguntou James.

– Sim, meu rapaz. Caso contrário, eu não o incumbiria dessa missão, mesmo que isso significasse continuar a viver com a maldição que lançaram sobre minha alma.

– Mas achei que você disse ter quebrado a maldição – questionou James, perguntando-se novamente se tudo aquilo era um sonho.

– A maldição do navio está quebrada, James, mas não a maldição da minha alma. Para quebrá-la, preciso que você visite as Irmãs Esquisitas e deixe-as saber que você tomou posse do meu navio.

Havia tantas coisas que James gostaria de dizer, tantas perguntas que desejava fazer, mas ele podia ver que Barba Negra estava exausto; ele ainda parecia terrivelmente machucado por causa do encontro com o Kraken e os eventos angustiantes com o capitão do *Holandês Voador*. Dava para perceber que tudo que Barba Negra queria era descansar. Aquele homem lhe dera tudo e agora o estava mandando ao lugar onde poderia realizar seu sonho; o mínimo que poderia fazer era entregar uma mensagem para as Irmãs Esquisitas.

– Como vou reconhecer essas Irmãs Esquisitas quando chegar aos Muitos Reinos?

– Não são bruxas comuns, James. Você as reconhecerá quando as vir. Já faz muitos anos desde que as visitei, mas, se todas as suas histórias forem verdadeiras, elas não terão mudado. A beleza das três é tão grandiosa que é antinatural, mas impressionante e atraente de um jeito perigoso, e umas se parecem com as outras. E não se preocupe em encontrá-las: elas vão procurá-lo assim que você chegar às costas de Morningstar.

– Sinto um pressentimento estranho, senhor, quando toco nas fivelas das botas – falou James, pegando os objetos e colocando-os no bolso interno do casaco. – Elas me fazem sentir medo.

– Elas são dignas de um capitão, James. Você teme o que elas simbolizam. Mas você é o homem mais corajoso que já conheci. Qualquer um na sua posição ficaria com medo. Você está prestes a capitanear o próprio navio e fazer uma viagem para uma terra cheia de bruxas, fadas e tantas outras criaturas. A travessia o aproximará do seu objetivo, e isso é sempre assustador, meu filho, porque realizar os sonhos pode ser uma aventura aterrorizante, por medo de que não correspondam às expectativas. – Barba Negra colocou a mão no ombro de James.

James decidiu que Barba Negra estava certo. Ele estava com medo de enfim realizar o sonho que perseguira por tanto tempo.

– Tem certeza de que estou pronto, senhor? Eu gostaria muito de servir mais um pouco ao seu lado. Não quer vir comigo para os Muitos Reinos? – perguntou ele, sabendo que sentiria falta de Barba Negra.

– Infelizmente, estou impedido de voltar. Eu sei que você está pronto, James. *Você* foi o capitão hoje. Salvou a mim e aos homens, e agora eles farão qualquer coisa por você. A tripulação o seguirá a qualquer local que você se aventurar, mesmo para a Terra do Nunca. Por favor, meu rapaz, aceite este presente que estou lhe dando em gratidão por salvar minha vida e a vida de meus homens. Eu faria essa travessia com você se pudesse, meu amigo, mas você está tomando caminhos que não posso seguir. A única outra coisa que peço em troca é conseguir um nome de pirata adequado – disse ele, rindo.

– Para onde você vai? – perguntou James.

– Vou descer para junto dos outros capitães e acender minha própria vela.

CAPÍTULO VII

PIRATAS NOS MUITOS REINOS

Depois de muitos meses de viagem, o *Jolly Roger* por fim chegou aos Muitos Reinos. Enquanto passavam pelo Farol dos Deuses e se dirigiam para o Porto de Morningstar, James ficou boquiaberto com a beleza. Nada poderia tê-lo preparado para o enorme farol de pedra que abrigava a magnífica joia em sua torre, ou o castelo ciclópico construído no mesmo estilo e que, atrás dele, refulgia à luz do sol como uma estrela mágica. Skylights havia compartilhado com James muitas histórias sobre os Muitos Reinos conforme viajavam, deixando-o ainda mais ansioso para chegar ao destino e ver o lugar mágico com os próprios olhos.

Ao redor do castelo, havia um campo de flores douradas que pareciam emanar uma luz própria, tornando o castelo ainda mais brilhante. Skylights contara que aquelas flores nem sempre estiveram no Reino Morningstar; quando Barba Negra visitou os Muitos Reinos anos antes, eles só as haviam visto em um lugar chamado Floresta dos Mortos, mas isso foi muito antes de as

Irmãs Esquisitas reivindicarem o lugar como seu lar. Durante todos os estudos, James nunca se deparara com coisa alguma sobre os Muitos Reinos, por isso estava feliz que Skylights compartilhasse o que Barba Negra lhe contara ao longo de seus anos de pirataria juntos. Se Morningstar fosse um exemplo dos reinos que encontraria naquelas terras, ele tinha certeza de que seria uma aventura que valeria a pena.

– Você tem certeza disso, senhor James? – perguntou Smee. – Pelo que Skylights conta, essas bruxas parecem ser criaturas desagradáveis. Do tipo com o qual não é prudente se misturar. – Na opinião de James, Smee parecia muito mais à vontade em um navio pirata do que um ano antes. Tudo indicava que passara a merecer algum respeito da tripulação, em especial desde que James se tornara capitão e, para todos os efeitos, assumira o papel de primeiro imediato sem receber oficialmente o título, mas isso estava bem para James. Smee estava autorizado a tomar tais liberdades; ele cuidava de James desde a infância – quem melhor para ser seu braço direito? E quem melhor para compartilhar o sonho de sua vida?

– Não se preocupe, Smee, vou ficar bem. Embora eu esteja contando com você para ficar de olho na tripulação. Não quero que eles saiam do navio e perambulem pelos Muitos Reinos.

– Nenhum deles ousa deixar o navio, senhor. Estão muito assustados. Skylights está enchendo a cabeça deles com histórias terríveis sobre estas terras – explicou Smee, apertando os olhos para ver se conseguia distinguir alguém nas torres do Castelo Morningstar.

– Skylights diz que o reino de Morningstar é pacífico, Smee. Não há necessidade de temer este lugar – tranquilizou-o James.

– Mas e os Senhores das Árvores, senhor? Ou os gigantes ciclópicos? Há rumores de que uma rainha imortal governa essas feras. – Smee analisou ao redor de modo ansioso, tentando vislumbrar os cabelos dourados e o rosto pálido dela.

– Skylights me falou da Rainha Tulipa e do Rei Popinjay. Eles me parecem tipos aventureiros, que estão ocupados demais para lidar com gente como nós. Pelo relato de Skylights, Morningstar recebe marinheiros há mais tempo do que a História registra. Garanto que não corremos perigo aqui – tranquilizou o capitão.

O fato era que aquele lugar intrigava James; ele estava fascinado pelas histórias contadas por Skylights e, se não estivesse determinado a chegar à Terra do Nunca, seria exatamente o tipo de lugar que gostaria de explorar e sobre o qual aprenderia mais. Nas presentes circunstâncias, Skylights já havia lhe contado bastante coisa durante a longa travessia até lá. Por todos os relatos, a Rainha Tulipa parecia ser uma mulher incrível, alguém que James ficaria honrado em conhecer. Se as histórias que Barba Negra compartilhou com Skylights fossem verdadeiras, James não conseguia pensar em nenhum outro monarca, em sua terra ou em qualquer outra, que a superasse em bravura e perseverança. James ficou surpreso que aquele lugar houvesse conseguido capturar sua imaginação quase tão vividamente quanto a Terra do Nunca. Uma rainha imortal que já fora prometida a um homem mau amaldiçoado para se tornar uma fera, que a tratou de modo tão perverso que ela se jogou do penhasco, sendo salva por uma bruxa do mar. James jamais tinha ouvido nenhuma história tão angustiante ou inspiradora quanto a dela, a maneira como não apenas curou seu coração partido, mas se tornou a mulher que nascera para ser: forte, corajosa e protegendo aquelas terras do mal com a ajuda de árvores gigantes que podiam andar e falar. Uma lenda viva. Aquela era uma mulher digna de grande respeito. Ele gostaria de conhecê-la, mas seu desejo de alcançar a Terra do Nunca era ainda mais convincente do que a saga da Rainha Tulipa.

– No momento, meu único desejo e obstáculo é encontrar essas bruxas. Barba Negra disse que elas perceberiam minha vinda aqui, mas até agora não vi nenhum sinal delas – disse James enquanto um delicado corvo negro circulava e grasnava lá no alto, nos céus.

– Eu não teria tanta certeza disso – falou Skylights, juntando-se a Smee e James, e apontando para o corvo. – Ali está um de seus asseclas, senhor. O nome dele é Opala, e é um diabinho traiçoeiro. Já pertenceu à Fada das Trevas, que devastou estas terras com fogo e desgosto. Alguns dizem que a Fada das Trevas se recusou a passar para a névoa quando morreu e pode voltar em sua forma de dragão para incendiar as terras repetidas vezes, punindo os que a separaram de sua filha. – Isso deixou Smee ainda mais nervoso, com os olhos agora à procura de dragões no céu.

James meneou a cabeça.

– O Barba Negra lhe contou isso, Skylights? Ora, ora, dragões! – James zombou.

– Na verdade, ele contou, senhor. Todas essas histórias estão em seu Livro dos Contos de Fadas. Está no baú que ele lhe deu antes de partirmos do Cemitério Flutuante, aquele com o olho.

– Ele não me disse o que tinha no baú – disse James, lembrando-se de quando Barba Negra o entregou antes de seguirem para o Cemitério Flutuante:

– Não abra o baú, James, não até que você esteja bem longe daquelas terras e em segurança na Terra do Nunca. E não importa o quanto seja tentador, não o abra enquanto estiver nos Muitos Reinos. Acredite em mim, James. As Irmãs Esquisitas fariam qualquer coisa para colocar as mãos no que tem dentro do baú. Mas há muito paguei o preço por pegar esses tesouros, que são meus bens mais preciosos. Agora eles pertencem a você.

– Tem certeza de que quer dá-los para mim, senhor?

– Não precisarei deles no lugar para onde estou indo, James. Agora vá! Encontre a vida que você sempre quis viver.

James nem tinha pensado em abrir o baú. O amigo havia lhe dito que não o fizesse. Mas ele gostava de saber que tinha algo que as Irmãs Esquisitas queriam se as coisas esquentassem.

Nesse momento, Opala desceu, aterrissando ao lado de James. Ele esticou o pé, oferecendo-o para que James pudesse remover o pergaminho atado. A ave soltou um grasnido suave e inclinou a cabeça numa reverência ao levantar voo, as asas brilhando à luz do sol, revelando reflexos azuis e roxos nas penas negras.

– É das Irmãs Esquisitas – anunciou James, lendo o pergaminho. – Parece que fui convidado para tomar um chá com elas na Floresta dos Mortos esta noite. Elas me instruíram a pegar um bolo no caminho – disse ele, rindo. – Quão poderosas essas bruxas podem ser se não conseguem conjurar o próprio bolo? – Skylights se encolheu ao som daquele nome. Estava claro que as tais Irmãs Esquisitas inspiravam medo em quase todos, até mesmo em Barba Negra, então, talvez James estivesse sendo um pouco arrogante, mas não podia evitar.

– Shhh! Elas provavelmente estão ouvindo, senhor! Não fale mal das Temidas Três; elas têm olhos e ouvidos em todos os lugares. – Skylights olhava ao redor como se esperasse vê-las à espreita atrás de cada canto.

– Não seja ridículo, homem! – ralhou James. – Smee, encontre-me algo adequado para vestir. Quero me apresentar como um cavalheiro para essas Irmãs Estranhas.

– Elas são chamadas de Irmãs Esquisitas, senhor. E o que é uma roupa adequada para um chá da tarde com bruxas? – perguntou Smee.

– Meu melhor traje, é claro, com o fraque preto e minha cartola – explicou, pensando na bela figura que ele faria para as damas. – Sim, Smee, acho que vai servir muito bem. – Por mais que ele amasse o traje de pirata, gostou muito da ideia de variar e fazer uma boa apresentação para as bruxas da Floresta dos Mortos.

– Se você está dizendo, senhor – concordou Smee, revirando os olhos.

– Se é bom o suficiente para o chá com a rainha, é bom o suficiente para as Irmãs Bizarras – provocou James.

– Elas são chamadas de Irmãs Esquisitas, senhor! – corrigiu Smee, fazendo James rir. Smee retirou-se tremendo de medo para aprontar o traje.

– Agora, onde encontrar um bolo? – indagou James, olhando para o mapa que Barba Negra lhe dera e imaginando o que o restante do dia traria.

CAPÍTULO VIII

O BOLO DAS IRMÃS ESQUISITAS

Tinha sido uma longa jornada de carruagem puxada por cavalos do Reino Morningstar até a Floresta dos Mortos, que as Irmãs Esquisitas chamavam de lar, mas por sorte James encontrou uma pequena padaria ao longo do caminho, com um nome para lá de bobo. A Padaria de Tiddlebottom e Butterpants ficava nas cercanias de um adorável e pequeno reino, rodeada por flores douradas que brilhavam ao crepúsculo. Os nomes Tiddlebottom e Butterpants não soaram estranhos a James, mas ele não conseguia lembrar por quê; estava exausto da viagem marítima, e agora também do trajeto da carruagem, e se sentia um pouco atordoado; tudo que pôde fazer foi rir dos nomes e da série de eventos que lhe aconteceram desde que mergulhara no oceano atrás de seu amigo.

Ao longe, avistou uma torre solitária e em ruínas que se elevava na floresta. Ao passarem pelo reino, lembrou-se das histórias que Skylights lhe contara, e de que a torre costumava ser o lar

– ou a prisão, na verdade – da mulher que agora era a rainha do povoado quando jovem. Skylights lhe contara as histórias mais estranhas sobre os muitos reis e rainhas de diversos reinos daquelas terras. Esta, ao que parece, tinha cabelos mágicos e fora mantida em cativeiro naquela torre por uma bruxa que desejava usar o cabelo da jovem para trazer suas irmãs de volta à vida. Irmãs com o nome de Primrose e Hazel. A maneira como Skylights havia descrito os eventos era bastante macabra: a ideia de enrolar o cabelo de uma garotinha em volta do corpo de suas irmãs, na esperança de ressuscitá-las dos mortos. Enquanto James viajava pelos Muitos Reinos, as histórias que Skylights lhe contava ecoavam em seus ouvidos – maldições malignas, espelhos assombrados, beldades que se apaixonaram por feras, árvores que podiam andar e falar, e, agora, bruxas que lidavam com necromancia, e não apenas algumas bruxas, mas gerações delas que governaram justo o lugar que ele estava prestes a visitar. Entretanto, naquele momento, sua tarefa era conseguir um bolo para as anfitriãs, e parecia que a padaria com o nome ridículo estava fechada, então não sabia o que iria fazer.

James podia ver pela vitrine que aquela não era uma padaria comum; tinha os bolos mais divinos que ele já havia visto, caixas e caixas deles em todas as formas e sabores. Nem sabia qual escolheria. *Que tipo de bolo irmãs bruxas idênticas gostam?* Mas parecia que ele iria aparecer de mãos vazias.

– Maldição! Claro que está fechada, é quase noite. Malditos padeiros e seus horários – disse James. Então, viu uma jovem dentro da loja andando de um lado para o outro, sem dúvida começando a assar para o dia seguinte, embora ele mal pudesse entender por que, quando parecia que ela já havia feito tantos bolos lindos, e se perguntou se ela não seria uma pobre alma de um dos contos de fadas, amaldiçoada a continuar assando ou alguma outra bobagem do tipo.

– Com licença, boa mulher! – chamou James, batendo na vitrine. – Por favor, não poderia eu apenas comprar um de seus bolos de aparência deliciosa? Pagarei generosamente. – James batia na vitrine cada vez mais forte. Em instantes, a mulher de aparência jovial foi até a porta e a destrancou.

– Posso ajudá-lo? – perguntou a mulher, fitando-o com desconfiança. – Você não é daqui, é, senhor? – James podia ver que ela estava olhando para suas roupas e parecia avaliá-lo, sem, no entanto, chegar a uma conclusão.

– Não, boa mulher, acabei de chegar ao seu reino mágico. Desculpe-me por perturbá-la. Você é a sra. Tiddlebottom? Quero comprar um bolo, quem sabe o de amêndoas ali na vitrine? Estou indo visitar as Irmãs Excêntricas e não quero aparecer sem o bolo que elas pediram. – James despejou moedas nas mãos da sra. Tiddlebottom, esperando que isso a persuadisse, mas ela mal percebeu; apenas o olhou como se tivesse visto um fantasma.

– Você quer dizer as Irmãs Esquisitas? – A sra. Tiddlebottom deu a James um olhar de puro espanto. Ele percebeu que a escolha de roupa fora provavelmente um passo em falso. O traje de pirata teria sido muito melhor, a julgar pela maneira como as pessoas se vestiam naquelas terras. Parecia a James que elas não se vestiam de um jeito muito diferente do que aquilo que usavam em sua própria terra, mas durante tempos mais antigos, por isso, não era de admirar que a mulher o estivesse fitando de modo estranho; ela nunca tinha visto roupas assim.

– Sim, suponho que me refiro às Irmãs Esquisitas – respondeu James, rindo. A essa altura, ele se deleitava em falar errado o nome delas. Agir assim fazia com que se sentisse menos nervoso em conhecê-las.

– Tem certeza de que as Irmãs Esquisitas fizeram esse pedido? Posso perguntar como você o recebeu? – indagou a mulher, apertando os olhos para James, deixando claro que não acreditava nele.

– Tenho certeza, sra. Tiddlebottom. E, se você realmente deseja saber, elas enviaram a mensagem por meio de um corvo. – Isso fez os olhos da sra. Tiddlebottom se arregalarem.

– Era uma criatura delicada, com penas pretas com reflexos azuis e roxos na luz? Pareceu sobrenatural para você? – A sra. Tiddlebottom parecia estar com medo de sua resposta.

– Eu diria que sim – respondeu ele. – Por que pergunta? Existe algo que eu deveria saber sobre as Irmãs Esquisitas e sua criatura?

A sra. Tiddlebottom sorriu.

– Há muitas coisas que você precisa saber sobre as Irmãs Esquisitas e seus lacaios; no entanto, não temos tempo para discuti-las agora. Posso sugerir nosso maior bolo, de seis camadas, senhor? A paixão das irmãs por bolos é legendária. Embora eu não soubesse que estavam agora em posição de encomendá-los, muito menos de comê-los. – James estava com a sensação de que a mulher tinha uma longa história com as Irmãs Esquisitas, e havia algum aspecto sobre elas pedirem um bolo que a incomodava profundamente. E foi então que percebeu por que o nome dela lhe pareceu tão familiar quando o viu pela primeira vez na vitrine da padaria. Aquela jovem devia ser neta da sra. Tiddlebottom, a renomada padeira que já fora babá da rainha daquele reino. A mesma mulher que foi aterrorizada pela Velha Bruxa – com a ajuda das Irmãs Esquisitas – que tentava desesperadamente trazer suas irmãs, Primrose e Hazel, de volta à vida com o cabelo mágico da princesa, a pobre garota que trancaram em um torre, a princesa que cresceu para ser a rainha daquelas terras.

– Não quero ser impertinente, cara senhora, mas posso perguntar se você é parente da babá da rainha? Vocês compartilham o mesmo nome, e não me parece um nome comum.

A sra. Tiddlebottom lançou-lhe um olhar curioso.

– Então, você está lendo o Livro dos Contos de Fadas? Imagino que as senhoras da Floresta dos Mortos estejam muito ansiosas para tê-lo de volta. Suponho que é por isso que você esteja aqui. E, respondendo à pergunta, eu sou a própria sra. Tiddlebottom de cuja história aterrorizante e emaranhada você se lembra. Mas isso é tudo o que direi sobre o assunto para um estranho. Para ter certeza, farei uma visita às senhoras da Floresta dos Mortos para ver como é que as Irmãs Esquisitas estão em condições de pedir bolos, quanto mais comê-los.

James achou a mulher muito intrigante. Obviamente, ela era muito mais jovem do que a mulher da história que Skylights lhe contara. Ele se perguntou se todos nos Muitos Reinos eram assim.

– Você parece muito jovem para ser a mesma mulher – soltou ele, incapaz de se conter.

– E sou mesmo, mas há muitas coisas sobre este lugar que você ainda não entende. Magia tão antiga que levaria uma vida inteira para ser descoberta. Só sei porque vivi muitas vidas graças à magia dessas flores – falou ela, olhando para as flores douradas que pareciam cobrir toda a paisagem dos Muitos Reinos. – Agora, que tal aquele bolo de seis camadas sobre o qual discutimos? Devo prepará-lo? – perguntou ela, seu tom deixando muito evidente que não queria responder a mais nenhuma de suas perguntas.

– Vamos de seis camadas, então! – confirmou ele, balançando a cabeça. – Diga-me, essas Irmãs Aberrações são tão terríveis quanto todo mundo diz? – Ele se viu baixando a voz por medo de perturbá-la com mais perguntas.

– Ah, elas são muito mais terríveis do que você possa imaginar. Mas talvez o bolo as distraia. Vou pedir ao meu marido, o sr. Butterpants, que o leve até a carruagem para você, senhor. Não se preocupe, as três vão adorar o seu presente – disse a sra. Tiddlebottom, correndo para a cozinha em pânico. James estreitou os olhos enquanto observava a nervosa mulher sair correndo e se perguntou se ele estaria levando essa parte de sua aventura a sério o bastante.

James esperou por mais de uma hora para que o bolo fosse levado até ele e, quando chegou, ficou surpreso ao constatar que tinha muito mais do que seis camadas e era adornado com uma coleção de animais de marzipã. James nunca tinha visto um bolo assim, nem mesmo nos salões da realeza em Londres. Era tão grande que tiveram de trazê-lo em sua própria carroça puxada por cavalos.

– Este é meu marido, o sr. Butterpants. Ele seguirá atrás de sua carruagem, senhor, e ajudará na entrega do bolo, mas não entrará na Floresta dos Mortos de jeito nenhum. É um lugar sem vida, senhor, governado por bruxas necromânticas. Coisas horríveis aconteceram lá – falou a sra. Tiddlebottom.

James mal sabia o que dizer. Ele não se atreveu a perguntar por que marido e mulher não compartilhavam o sobrenome, mas, então, supôs que as coisas eram feitas de maneira diferente naquela terra.

– Embora este seja realmente o bolo mais magnífico que já vi, vocês não acham que é um pouco demais?

O sr. Butterpants e a sra. Tiddlebottom negaram com a cabeça.

– Não, senhor, as irmãs adoram bolos, e é melhor deixá-las felizes – explicou o sr. Butterpants. Havia uma expressão inconfundível de nervosismo em ambos os rostos, e James teve a sensação de que havia mergulhado o dia deles no caos pela mera menção das Irmãs Esquisitas. Perguntou a si mesmo no que estava se metendo. Era tudo muito risível, a ideia de levar um bolo tão grande, mas decidiu seguir em frente. Se aquelas bruxas amavam tanto bolos, então por que não levar o maior e feito pelos padeiros mais renomados dos Muitos Reinos? Certamente isso as impressionaria e as tornaria mais dispostas a ajudá-lo a encontrar a Terra do Nunca.

– Obrigado por tudo, este é um bolo esplêndido. Mas, por favor, deixem-me dar-lhes um pouco mais. O que paguei nem ao menos cobre os custos dos ingredientes – falou James, tirando mais moedas de ouro do bolso.

– Não, é um prazer, senhor – disse o sr. Butterpants, mas James insistiu, colocando as moedas em sua mão.

– Obrigado, sr. Butterpants e sra. Tiddlebottom, desejem-me sorte – agradeceu James enquanto entrava na carruagem, acenando enquanto ela se afastava, imaginando o que o restante do dia traria.

CAPÍTULO IX

AS SENHORAS DA FLORESTA DOS MORTOS

A Floresta dos Mortos era cercada por um gigantesco e impenetrável emaranhado de roseiras vermelho-escuras. Elevava-se tão alto em direção ao céu que tudo o que James conseguia enxergar era o solário no ponto mais alto da mansão, cintilando como se banhado pelo sol, embora agora estivesse escuro. Ele ouvira dizer que o bosque era sem vida, seco e repleto de espinhos, mas as rosas ali desabrochavam viçosas, ostentando o mais profundo e belo tom carmesim que ele já contemplara. Não se parecia em nada com o lugar morto que Skylights havia descrito, e ele não entendia por que se chamava Floresta dos Mortos.

– Isso não pode estar certo; não há entrada – disse James.

– Estamos no lugar certo, senhor – assegurou o condutor, parecendo assustado. Seus olhos disparavam ao redor como se esperasse que algo sinistro surgisse dos arbustos.

James teve de se perguntar se cometera um erro ao ir àquele lugar. Deixando de lado a peculiaridade engraçada dos bolos, as histórias que tinha ouvido sobre tais bruxas estavam começando a enervá-lo. Justo quando começou a garantir a si mesmo que talvez estivesse exagerando, um vórtice escarlate apareceu na vegetação bem diante deles, criando uma abertura, e parada ali, no centro das chamas rodopiantes, estava a mulher mais resplandecente que James já tinha visto.

Os cabelos dela eram longos, de um tom de dourado claro, e fulguravam com uma luz que parecia vir de dentro. Ela usava um longo vestido prateado e, em torno do pescoço, trazia um pingente de prata representando as três fases da lua. Ela parecia não ser deste mundo, e isso o lembrou de que não estava mais no próprio mundo, então, dizer que aquela mulher pertencia a outro mundo era simplesmente a constatação de um fato – e talvez não fosse tão notável quanto parecia naquele momento. Embora James tivesse um pressentimento de que, mesmo para os padrões daquele lugar, a mulher seria notável.

– Olá, James, sou Circe, a rainha desta terra. Você é muito bem-vindo aqui. – Ela o cumprimentou, deixando-o à vontade de imediato ao gesticular para que ele entrasse pelo vórtice mágico. – Por favor, entre. Vou mandar alguém vir buscar o bolo – falou ela, rindo do tamanho enquanto James descia da carruagem. James hesitou antes de atravessar o vórtice. Tinha ouvido tantas histórias sobre as mulheres da Floresta dos Mortos e, embora tenha se deparado com coisas que achava que nunca encontraria na vida, ainda estava impressionado com a magia do lugar.

– Venha por aqui; eu lhe garanto que é seguro.

Circe o conduziu pelo que poderiam ser os mais belos jardins que já tivera o prazer de estar. O centro do pátio era ocupado por uma fonte com a estátua de uma górgona rodeada por ninfas dançantes. Aquele não lhe parecia um lugar morto – era exuberante e repleto das mesmas magníficas flores douradas que havia visto ao longo do caminho. Elas refulgiam como a luz do sol, lançando um brilho mágico sobre a enorme mansão de pedra adornada com estátuas de gárgulas, dragões e harpias.

A mansão em si era estranha. James tinha a impressão de que o solário fora um acréscimo à construção de pedra, velha e agourenta, enquanto sua cúpula de vidro parecia brilhar com esperança e amor, quase como se a pessoa que o ergueu pretendesse transformar o lugar em algo bem diferente das intenções do proprietário original. James adorava arquitetura antiga, mas aquela remontava a uma época anterior a qualquer outra que já tinha visto, e intrigava-o o fato de que as criaturas de pedra postadas em quase todos os pontos de apoio disponíveis parecessem vivas. Ele sabia que não passavam de esculturas, mas sentia algo se mexendo por trás dos semblantes pétreos. Talvez sua mente estivesse lhe pregando peças, mas ele podia vislumbrar rachaduras profundas nos pontos onde parecia que as criaturas haviam se deslocado, para logo retornarem à posição de repouso. Mas, mesmo com aquelas sinistras criaturas de pedra, ele considerava a construção maravilhosa, com a cúpula de vidro reluzente e um jardim de flores que pareciam iluminadas pelo sol mesmo na escuridão da noite.

– Você é muito observador, James. Este costumava ser um lugar melancólico, cheio de tristeza, nunca tocado pelo sol. Ainda é o local que os mortos habitam, mas não precisa ser envolto em sombras e medo. Não precisa ser um lugar igualmente morto – disse Circe, levando-o para a grande mansão, onde duas mulheres aguardavam para cumprimentá-lo.

– Além de bruxa, você também lê mentes? – perguntou James, assimilando a imponência das mulheres diante de si. – Parece-me que muita coisa mudou desde que Barba Negra visitou este lugar. Não é nada do que eu esperava.

Circe sorriu.

– De fato, muita coisa mudou desde que ele esteve aqui. – Nesse momento, as duas outras mulheres se juntaram. Enquanto estava ali, contemplando as três à sua frente, não compreendia por que Barba Negra nutria tamanho receio por elas – por que qualquer outra pessoa o faria, na verdade. Aquelas bruxas, se é que o fossem realmente, não eram pavorosas; nem mesmo eram parecidas entre si como Barba Negra havia descrito.

– Estas são minhas tias, Primrose e Hazel. Elas governam ao meu lado aqui na Floresta dos Mortos e também leem mentes. – Ela piscou para James, desarmando-o por completo. Hazel tinha olhos cinzentos, cabelos prateados e pele de alabastro, e Primrose, rechonchudas bochechas com um punhado de sardas salpicadas e cabelos ruivos. Aquelas mulheres eram, em verdade, muito encantadoras. James estava familiarizado com a realeza. Seu pai era um duque, sua mãe uma duquesa e ele era herdeiro do título do pai e da casa ancestral. Ele tinha até jantado no palácio e nunca demonstrou exacerbado fascínio por nada daquilo ao crescer, mas estar na presença daquelas mulheres, daquelas rainhas, era algo inteiramente diferente. Pela primeira vez, foi incapaz de encontrar as palavras certas e viu-se envergonhado.

– Fui levado a crer que eram três irmãs idênticas, com cabelos negros como um corvo, rostos assustadores e pálidos. – James surpreendeu-se por ser tão direto, mas ficou aliviado quando as mulheres riram.

– Você nos confunde com minhas mães – explicou Circe. Ela exibia o mais sereno dos sorrisos, no qual James não conseguiu detectar maldade. Em geral, ele era bastante perspicaz em avaliar as pessoas que conhecia e sempre podia identificar a verdadeira natureza, mesmo por trás de sorrisos doces e palavras educadas, e naquela mulher ele enxergava apenas bondade.

– Peço perdão, Rainha Circe, eu não fazia ideia – falou James. Sentia-se mais nervoso do que jamais estivera em sua terra, em companhia da realeza.

– Não há necessidade de se desculpar, James. Minhas mães foram descritas em termos muito piores do que esses – tranquilizou-o Circe com um sorriso deveras gracioso. James estava maravilhado com as mulheres e, pela primeira vez, entendeu o verdadeiro significado de ser enfeitiçado. Ele estava encantado.

– Por favor, James. Estávamos à sua espera. Vamos entrar – convidou Hazel.

– Sim, e vamos comer um pouco daquele bolo delicioso que você trouxe – acrescentou Primrose. Um monstruoso, embora digno, espectro de um homem conduzia para o pátio a carroça que carregava o bolo. James não conseguia tirar os olhos do condutor; quando olhou mais de perto, percebeu que não passava de um esqueleto com uma pele coriácea esticada sobre os ossos. No entanto, de algum modo, aquele homem, ou o que costumava ser um homem, estava fervilhando de vida, inteligência e até bondade.

– Este, James, é nosso avô, sir Jacob, e você está certo, ele é um homem muito bondoso – adiantou-se Circe, sorrindo. James não pôde deixar de ficar deslumbrado com aquelas mulheres – todas pareciam reluzir como as flores douradas que enchiam o pátio e, de algum modo, viver entre os mortos lhes parecia perfeitamente natural. Eram mulheres mesmo intrigantes.

– É um prazer conhecê-lo, sir Jacob – cumprimentou James, sem tirar os olhos das cativantes mulheres. – O que são essas flores encantadoras? Eu as vi por todos os lados nos Muitos Reinos – perguntou, enquanto o conduziam pelo vestíbulo, que estava apinhado de esplêndidas esculturas de toda sorte de criaturas assustadoras.

– Houve época que essas flores eram raras nestas paragens, cultivadas e mantidas escondidas pelas rainhas antes de nós. Mas estamos em uma nova era agora, uma era em que as Rainhas dos Mortos compartilham sua magia – disse Circe, pegando as mãos de Primrose e Hazel.

– São as mesmas flores que deram à Rainha Tulipa sua imortalidade e tornaram novamente jovem a sra. Tiddlebottom? – questionou.

Hazel virou-se e lançou a James um olhar admirado.

– Sabíamos que você era muito inteligente, mas eu não imaginava que também fosse tão intuitivo. Você me impressiona, James.

– Obrigado, minha senhora. Parece-me estranho que as pessoas aqui ainda temam as mães da Rainha Circe. Vocês citaram outra época. Quanto tempo se passou desde que as Irmãs

Esquisitas faleceram? – Quis saber James, desejando que Skylights tivesse lhe falado mais sobre a Floresta dos Mortos.

– Elas estão ausentes há tanto tempo que não reconheceriam os Muitos Reinos, tantas foram as coisas que mudaram desde a quebra dos mundos – disse Circe. – Minhas mães não faleceram; elas não estão nem vivas nem mortas, estão num lugar entre mundos onde não podem mais fazer mal aos outros ou a si próprias. Receio que aqueles nos Muitos Reinos se lembrem muito bem do terror que espalhavam e as temam como se ainda estivessem entre nós.

– A sra. Tiddlebottom parecia bastante alarmada, achando que elas tivessem me incumbido de lhes trazer um bolo. Disse que iria lhes fazer uma visita.

Circe suspirou.

– Ela tem motivos para temer seu retorno aos Muitos Reinos. Caso voltassem para a terra dos vivos, tudo viraria caos e destruição. Vou escrever para a sra. Tiddlebottom e assegurá-la de que não há motivo para preocupação – falou Circe, enrugando a testa. – Embora tanto tempo tenha se passado desde que minhas mães foram encerradas no Lugar Intermediário, há os que ainda se lembram do reinado de terror e temem seu retorno.

– Não vamos entediar James com nossa história, Circe – sugeriu Primrose com seu sorriso atrevido, que franzia as laterais de seu pequeno nariz.

– A Rainha Circe não está me entediando, Lady Primrose, acho isso muito interessante – disse ele, perguntando-se o significado de "quebra dos mundos", mencionado por Circe.

– O significado é exatamente este – disse Circe. – Muito tempo atrás, havia uma quarta Irmã Esquisita, e era querida por minhas mães. Elas a idolatravam e a amavam mais do que a si mesmas, mas, num dia terrível, a Fada das Trevas, em um acesso de raiva por ter sido maltratada pelas outras fadas, incendiou o Reino das Fadas, matando a quarta irmã por engano. Minhas mães estavam tão desesperadas para ter a irmã de volta que imaginaram um feitiço a fim de criar uma nova irmã, sacrificando as melhores partes de si mesmas, mas, ao fazê-lo, o que obtiveram foi uma filha à imagem da irmã morta. O feitiço roubou a melhor parte de suas naturezas; tudo o que era bom dentro delas agora pertencia à filha, e, com o tempo, o sacrifício das Irmãs Esquisitas as conduziu à loucura, levando-as a causar desgosto e destruição em muitos cantos dos mundos. E eu sou essa filha.

James não sabia o que dizer. Mais uma vez, sentiu como se estivesse vivendo em um sonho. Nada do que acontecera desde que mergulhou do navio de Barba Negra para salvá-lo parecia real.

– E Circe foi forçada a se sacrificar para que suas mães pudessem retornar à condição original, inteiras novamente – acrescentou Hazel –, mas suas mães não permitiram. Com a ajuda de um deus, elas forçaram Circe a sair do Lugar Intermediário, provocando a quebra dos mundos, e mais uma vez eles foram destruídos além de qualquer reparo. Então, agora Circe está aqui, depois de consertar os mundos e ver os danos que suas mães causaram, enquanto suas mães estão presas no Lugar Intermediário.

– E é por isso que os Muitos Reinos estão cobertos pelas flores mágicas? Você usou a magia delas para consertar os mundos?

– Sim, esta é uma das muitas formas de magia que usamos. A história é mais complicada do que isso, é claro, mas não estamos aqui para discutir nosso passado – falou Circe, perdida em outro lugar e tempo. James perguntou-se a que outras provações aquelas mulheres haviam sido submetidas. Ele podia ver a dor tão claramente quanto via sua bondade, mas era um cavalheiro e não iria pressioná-las por mais do que estavam dispostas a compartilhar.

– É muito gentil de sua parte, James. Agora posso ver por que minhas mães estavam tão ansiosas para conhecermos o homem que quebrou a maldição do Barba Negra – disse Circe.

James ainda não entendia como as Irmãs Esquisitas lhe enviaram a mensagem para trazer um bolo, um bolo que nem podiam comer, a menos, é claro, que fosse apenas uma forma de atormentar e assustar os que as temiam, como a pobre sra. Tiddlebottom. E, como Circe sabia que suas mães estavam ansiosas para que o conhecessem, estava além de sua compreensão.

– Venha, James, vamos entrar; ficaremos felizes em responder a todas as suas perguntas, mas estaremos mais confortáveis no solário – disse Primrose.

Enquanto caminhavam pela mansão, James ficou maravilhado com as estátuas e os entalhes nas paredes. Era aquilo que esperava quando imaginou um lugar chamado Floresta dos Mortos. Ele passou por quartos extraordinariamente imponentes com dragões esculpidos, uma biblioteca com corvos de pedra empoleirados em suas estantes e um aposento que parecia um viveiro com um grande ninho de pedra cercado por corvos.

– Sim, esta parte da casa foi construída pelas rainhas que vieram antes de nós, algumas delas abomináveis e envoltas em morte e desgraça. Decidimos preservar esta parte de nossa residência como era para nos lembrarmos de nunca trilhar os caminhos das rainhas anteriores – explicou Hazel.

A subida ao ponto mais alto da mansão parecia interminável até que, enfim, chegaram ao solário, uma sala feita de vidro com uma magnífica vista para a Floresta dos Mortos. Até onde James podia ver, incontáveis tumbas e lápides elevavam-se por entre um manto de reluzentes flores douradas.

– Esta é mesmo uma bela sala – disse James.

– Obrigada; nossa irmã Gothel mandou construí-la para nós – contou Hazel, e ele pôde ver que ela se perdeu em tais palavras, flutuando daquele tempo para o presente como um fantasma perdido na névoa.

– Você é um mortal muito interessante, James. Enxerga coisas que os outros não veem – afirmou Hazel. – Ficamos imaginando se você não seria mais feliz nos Muitos Reinos. – Ela sorriu com serenidade.

– Ficaríamos mais do que felizes em recebê-lo aqui na Floresta dos Mortos – disse Primrose. – A mim parece que você pertence a este lugar.

James redirecionou seu olhar para o cemitério logo abaixo. Estava com dificuldade para compreender como aquelas mulheres cativantes podiam viver cercadas de tanta morte e se perguntou se não seria esse o motivo da tristeza que parecia pairar sobre elas como nuvens escuras, ofuscando sua luz.

– Nós somos as Rainhas dos Mortos vigentes. Este é o nosso lar – disse Primrose, sorrindo.

– É verdade, a tristeza se agarra a nós como as brumas, que às vezes ameaçam nos mergulhar em perpétuo desespero. Mas não é tristeza pelo mundo como é agora, é tristeza pelo que já foi e será novamente se não nos mantivermos vigilantes. – Hazel parecia estar presa em algum lugar entre o mundo de agora e aquele que temia.

– É nosso dever guardar e proteger esta terra, garantindo que ela nunca mais caia nas mãos de minhas mães. Elas trariam terror e pesadelos a este lugar, fazendo com que seu poder fosse sentido em todos os mundos, incluindo o seu, James, e até mesmo em sua amada Terra do Nunca. – As palavras de Circe despertaram um medo profundo e penetrante no coração de James.

– Mas não deixe que isso o assuste. Não somos nada parecidas com nossas mães e irmãs antes de nós – assegurou Primrose, apontando para uma mesa com uma fileira de retratos de mulheres em molduras ovais. E lá ele as viu, as Irmãs Esquisitas, as bruxas idênticas. Os rostos pareciam encará-lo de seu lugar de honra, entre os retratos que ele supunha serem das muitas rainhas que vieram antes delas.

– Isso mesmo, James, é aqui que honramos as rainhas da Floresta dos Mortos – disse Circe, lendo sua mente mais uma vez e fazendo-o recuar. Por mais que gostasse daquelas mulheres, não conseguia se acostumar em tê-las lendo sua mente, embora pudesse perceber, de algum modo, que estavam tentando ao máximo não serem intrusivas.

– Não entendo. Parece-me que os poderes de suas mães já são sentidos em todos os mundos; de que outro jeito elas seriam capazes de me convidar para vir aqui? E por que diabos me pediram para trazer um bolo? – perguntou ele, incapaz de desviar o olhar do mar de sepulturas que cercavam a mansão ou das criaturas esqueléticas que ajudavam sir Jacob a trazer o enorme bolo para dentro. Tais criaturas não pareciam estar imbuídas do mesmo espírito que sir Jacob. Elas eram diferentes, desprovidas de voz e daquela centelha de vida que James sentia em seu líder.

– Minhas mães estão em posse de Opala, o querido corvo da Fada das Trevas. Ele agora é seu servo e habita o Lugar Intermediário, mas, ao contrário de minhas mães, é livre para transitar entre os mundos. Elas são capazes de enviar mensagens por meio do corvo e falar conosco através de um espelho mágico que lhes dei apenas para poupar o pobre Opala de voar de um lado para o outro entre os mundos com as muitas mensagens. – Ela riu, mas James percebeu que a risada era amarga e que Circe estava além do que ele consideraria inconsolável.

– Parece-me que suas mães gostam de brincar com a vida dos outros, apenas pelo prazer de fazê-lo – ele observou. – Pedir-me para comprar um bolo, sabendo muito bem onde eu teria de obtê-lo e o terror que isso causaria… Isso é má intenção. – As reação das mulheres diante de tal declaração foi rir, e James teve a impressão de que elas não riam tanto havia um bom tempo.

Primrose gargalhava tanto que precisou enxugar as lágrimas do rosto.

– Má intenção, que fofo.

Até Hazel, a mais controlada das três, foi dominada por um ataque de riso.

– Sim, James, você está certo. Elas são mal-intencionadas, mas esse é o menor de seus crimes.

– Bem, seja qual for a razão para me trazerem aqui, estou honrado e privilegiado por conhecer vocês, gentis senhoras.

– Sinceramente, duvidávamos que viesse, já que faz tantos anos desde que o Barba Negra visitou a Floresta dos Mortos, muito antes de você nascer. Mas as Irmãs Esquisitas sempre insistiram que você viria até nós assim que Barba Negra enfim o presenteasse com o *Jolly Roger* – falou Circe.

– Isso é impossível. Barba Negra não podia ser mais do que vinte anos mais velho do que eu – disse James.

– Minhas mães o amaldiçoaram com a incapacidade de descansar em vida, nem mesmo com a libertação da morte. Foi uma punição por tomar os tesouros delas.

James ficou horrorizado.

– O que quer dizer?

– Ele viveu uma vida muito longa, James. Uma vida em que não tinha permissão para dormir, e não importa quão mortalmente ferido estivesse, não poderia morrer. Espero que agora ele esteja enfim descansando – disse Circe.

– Ah, também espero – disse Primrose. – Ele parecia ansiar por libertação sempre que o observávamos. Espero que finalmente esteja em paz. – James perguntou-se como Primrose foi capaz de *observá-lo*.

– Um dos tesouros que Barba Negra tirou das Irmãs Esquisitas foi um de seus muitos espelhos mágicos; aqueles em posse dos espelhos podem ver e comunicar-se uns com os outros, se assim o desejarem. É também assim que as Irmãs Esquisitas se comunicam conosco.

James estava sentindo a perda de Barba Negra de modo ainda mais intenso naquele momento do que no dia em que o deixou no Cemitério Flutuante. Embora agora compreendesse melhor por que estava pronto para se despedir do mundo. Ele não fazia ideia de que Barba Negra estivesse sob tanto tormento. Apesar de James nunca ter experimentado tais características em primeira mão, entendia agora por que Barba Negra era conhecido pelo mau humor e pelos modos cruéis. Ele deve ter sofrido uma angústia incomensurável. Não é à toa que estava tão ansioso para que James dissesse às Irmãs Esquisitas que finalmente entregara o *Jolly Roger* a alguém que salvara sua vida, porque queria muito quebrar a maldição que o atormentara por tanto tempo.

– Talvez eu esteja confuso sobre como a magia funciona, mas por que fazer Barba Negra me mandar até aqui? Ele não teria se libertado da maldição ao cumprir sua parte no trato?

– Algumas bruxas trabalham desse jeito, mas as Irmãs Esquisitas queriam que você viesse aqui por algum motivo. É por isso que incluíram a condição como parte do pagamento de Barba Negra. – Dava para James perceber que Circe ainda tentava entender a coisa. Muitas vezes, ela também ficava confusa com o comportamento das próprias mães. Bem, qualquer que fosse o motivo, James se sentia feliz por estar na companhia daquelas mulheres, mesmo que sentisse bastante falta de Barba Negra, ainda mais agora que sabia o que o pirata havia sofrido.

– Sinto muito que tenha saudades do seu amigo, James. Sei que ele o enviou aqui na esperança de encontrar a Terra do Nunca, mas temo que você não encontre a vida que procura lá. Lamento dizer que não será como você se lembra – explicou Primrose.

– Como você sabe disso?

– Vejo um destino terrível para você, se for para a Terra do Nunca. Foi gravado em nossas almas o que está escrito no Livro dos Contos de Fadas – disse Hazel. – Você não quer escrever a própria história, James? Não quer construir uma vida para si mesmo aqui em vez de seguir o caminho que as Irmãs Esquisitas lhe predeterminaram? – Seu sorriso sereno pouco fez para esconder a tristeza em seu coração.

Havia uma parte de James que se sentia muito à vontade na Floresta dos Mortos. Ele não sabia explicar. Gostava daquelas mulheres e gostava daquelas terras. Eram provavelmente ainda mais fascinantes do que a amada Terra do Nunca, mas sentiu uma onda de pânico, como se estivesse sendo desviado do curso por uma terrível tempestade, do tipo sobre o qual lera nas sagas nórdicas, o tipo de tormenta que o carregaria para longe de seus sonhos.

Muito do que acontecera depois da batalha com o Kraken parecia-lhe irreal, e James se perguntou se tudo aquilo não passava de um tipo de truque. Ele havia lido histórias de bruxas horrendas disfarçando-se de belas feiticeiras para conquistar a confiança das vítimas antes que as traíssem e estava começando a temer que tivesse caído em uma armadilha semelhante.

Certamente, ele sentia como se tivesse sido tirado do curso e lançado em um mundo que não parecia real.

– Não acredito em vocês – soltou ele, levantando-se.

– Está tudo escrito no Livro dos Contos de Fadas, James. Seu destino foi escrito há muito tempo, mas acredito que podemos ajudá-lo a mudar.

– Como você sabe o que está escrito nas páginas se o livro está trancado no baú de Barba Negra? – questionou.

– James, acalme-se; não somos minhas mães disfarçadas e não estamos enganando você – disse Circe. – As Rainhas dos Mortos são as autoras do Livro dos Contos de Fadas desde que a primeira rainha escreveu em suas páginas. Está inscrito em nossas almas. O tempo não tem significado algum onde os mortos habitam. Você viu com os próprios olhos como entramos e saímos do tempo, como experimentamos o passado e o futuro como se estivesse acontecendo agora, porque, querido James, está. Todo o tempo é um só. Nós nos ancoramos a esta linha do tempo porque é onde somos mais necessárias.

– Você não tem nada a temer de nós, James, mas gostaríamos de ter nosso livro de volta – falou Hazel, sorrindo para ele.

– Admito que esperava barganhar com suas mães em troca de uma passagem para a Terra do Nunca – confessou ele. – Vocês estão dispostas a fazer o mesmo? Vão me mostrar o caminho, se eu lhes der o livro? – perguntou, voltando a se sentar.

– Você não necessita de tal barganha. A Terra do Nunca é exatamente onde elas querem que você esteja; ir até lá o coloca no caminho que predestinaram a você. Você tem sorte de estar negociando conosco, James, e não com as Irmãs Esquisitas.

Elas iriam manipulá-lo e conduzi-lo à jornada da ruína e do desespero, mesmo que tivessem a intenção de ajudá-lo – assegurou Primrose.

– Sou bastante hábil em evitar mães manipuladoras – brincou James, fazendo Primrose rir.

– Você é, de fato. Nós o ajudaremos a encontrar a Terra do Nunca, James, se estiver determinado a ir para lá. Circe certamente concederá seu desejo como parte do pacto que suas mães fizeram com Barba Negra, mas não podemos enviá-lo para aquele lugar sem advertir que vemos coisas terríveis para você lá. A vida que busca não se encontra na Terra do Nunca.

– Isso não faz sentido. Não acredito em você. Nunca quis outra coisa em toda a minha vida. É o meu maior desejo.

– Você tem certeza de que esse é o seu maior desejo, James? – questionou Circe, encarando-o. Ela viu um desejo secreto no coração do jovem que ele não estava compartilhando. – Porque tudo o que você vai obter na Terra do Nunca é o seu nome de pirata e desilusão. As perdas serão maiores do que pode imaginar.

– Com certeza o destino de alguém não está escrito! Não tenho o poder de comandar minha própria vida? Não consigo acreditar que não podemos escolher por nós mesmos. Não mudei o destino de Barba Negra salvando-o do Kraken? Ele não mudou o meu derrotando o capitão do *Holandês Voador*?

As palavras de James pareceram causar dor a Circe; ela fechou os olhos e se recompôs antes de responder.

– Você tem o poder de comandar o próprio destino, James… É isso que estamos tentando lhe dizer. Neste exato momento, você está no caminho de minhas mães, e bem poucos que trilharam o caminho que as Irmãs Esquisitas traçaram sobreviveram para contar sua história. James, você não ouviu as vozes das Irmãs Esquisitas carregadas pelos ventos quando enfrentou o *Temida Rainha*, não viu os rostos na criatura do mar, não sentiu o poder quando Barba Negra usou sua caixa de pederneira? Tudo o que aconteceu desde que você caiu do seu carrinho de bebê foi planejado por elas. Será que não vê com o que está lidando, James?

– Eu me recuso a acreditar nisso. Não vou aceitar que as Irmãs Esquisitas tenham me guiado por toda a minha vida. Com que objetivo? Você diz que as histórias estão gravadas em sua alma, então, diga-me: por que elas me querem na Terra do Nunca tão desesperadamente?

– Receio que, se eu compartilhasse seu destino, você pensaria que isso lhe daria o poder de evitá-lo, e não dá. No momento em que chegar à Terra do Nunca, estará perdido.

– Se todo o tempo é um só, como você diz, e minha história foi escrita e está sendo escrita ao mesmo tempo, isso não prova que posso mudar meu destino? Por favor, não pode apenas me mostrar o caminho para a Terra do Nunca?

James admirava as senhoras da Floresta dos Mortos, mas estava começando a se perguntar se não deveria apenas levar esse assunto às Irmãs Esquisitas. Hazel estreitou os olhos para ele, ouvindo seus pensamentos.

– Nem pense em tratar da questão com as Irmãs Esquisitas, James. Elas também podem enxergar o interior do seu coração e desejam explorá-lo. Queremos ajudá-lo. Conhecemos seu maior desejo, seu desejo secreto, mas não podemos fazê-lo acontecer;

não está ao nosso alcance. Contudo, podemos oferecer-lhe uma vida melhor aqui, e, se você recusar e insistir em ir para a Terra do Nunca, apesar de nossas advertências, então, nós lhe forneceremos a magia que você precisa para chegar lá. O resto é por sua conta. Você escutou nossos avisos e ainda assim não vai dar ouvidos a eles? – perguntou Hazel.

Um vento varreu a sala através das janelas abertas, trazendo consigo uma cascata de vozes que falavam em uníssono. Ele apagou as velas, mergulhando-os na escuridão, exceto pelas pétalas de flores reluzentes que foram trazidas pela brisa.

– *Ele passará seus dias arrependido, se não seguir seus sonhos. Passou a vida desejando retornar à Terra do Nunca. É tudo o que sempre quis, seu coração é consumido por isso. Não nos esqueçamos do que acontece com aqueles que não cumprem seus destinos.*

A voz no vento parecia vir do nada e de todos os lugares ao mesmo tempo, preenchendo o aposento com seu som.

– Mas por que esse deve ser o destino dele? Por que ele não pode escolher outro caminho? Nós mudamos o nosso – afirmou Primrose, lançando a vista para os retratos das rainhas que vieram antes dela. James deu-se conta de que eram as antigas rainhas daquele lugar que estavam se pronunciando agora.

– *Você mudou seu destino, Primrose? Por acaso não está governando agora as terras das quais não desejava outra coisa senão escapar?* – James viu o brilho se apagar nos olhos de Primrose e o rosto se converter em desespero. Ele sabia que havia verdade nas vozes das rainhas mortas, esperava que estivessem certas e que seu destino fosse estar na Terra do Nunca.

– *Nada do que vocês disserem irá desviá-lo de seu propósito. Tudo o que podem fazer é adverti-lo. A escolha é dele* – falou a voz que soava como muitas falando em perfeita harmonia. Mas as vozes pararam tão repentinamente quanto começaram, e a sala retornou ao estado anterior à visita dos espíritos das rainhas mortas.

– Sim, James, era a voz de nossas irmãs, nossas mães e suas mães antes delas, falando conosco como uma só além do véu. E estão certas, não podemos impedi-lo de ir para a Terra do Nunca, se é isso que você mesmo deseja. – Primrose gesticulou para o pianoforte, fazendo-o tocar sozinho e James girar em sua direção. – Mas você fará uma coisa por nós em troca – disse ela em um suave sussurro, para que os espíritos das rainhas dos mortos anteriores não pudessem ouvi-la acima da música do instrumento.

– Entregue-nos o baú de madeira com o olho, o que Barba Negra deu a você – falou, com um sorriso astucioso que enervou James.

– Se eu lhes der o baú, vão me mandar para a Terra do Nunca? – perguntou ele, baixando a voz.

– Sim, nós vamos, e com pesar em nossos corações – garantiu Circe. – Não há nada que possamos dizer para fazê-lo mudar de ideia, James? Não há mais nada que possamos lhe oferecer? Você não gostaria de construir uma vida para si mesmo aqui? Este lugar também é uma terra mágica, e notei que você se sente em casa aqui. Você a viu tão pouco e já guarda grande admiração por ela, mesmo que seja apenas por sua beleza. Imagine o que acharia dela se passasse mais tempo aqui.

James podia ver que Circe estava falando sério, mas mesmo aquela terra encantadora não conseguiria desviá-lo de seu propósito de vida.

– Você tem razão. Sinto uma atração por este mundo em particular e, talvez, se eu tivesse vindo parar aqui quando caí do carrinho de bebê tantos anos atrás, teria tomado como missão retornar e viver meus dias no esplendor da companhia de vocês, cativantes senhoras dos mortos. Mas você não vê, Rainha Circe, o quanto preciso reencontrar a Terra do Nunca? Que sou capaz de resistir à sua tentadora oferta e desistir de viver num lugar que me intrigou como nenhum outro, e que isso de fato significa que estou destinado à Terra do Nunca?

– Às vezes, confundimos nossos desejos com nosso destino, James – observou solenemente Hazel. – Mas você é obrigado a conceder-me este desejo, e é isso que desejo, embora parta meu coração causar-lhe sofrimento. Então, que assim seja. Traga-nos o baú com o olho e encantaremos seu navio para que ele vá até a Terra do Nunca. Nós nos encontraremos no Porto de Morningstar amanhã à noite e então faremos a troca – disse Hazel. Seu tom era irritado e sério, e ela expressava uma grande tristeza nos olhos. James podia ver que todas as mulheres realmente desejavam que ficasse, mas ele não poderia desviar seu foco de encontrar a Terra do Nunca.

– Bem, acho que está na hora de comermos bolo! – sugeriu Primrose, rindo, tentando aliviar o clima da sala. Das três, ela era a mais alegre, embora também parecesse sobrecarregada pelo tempo e pelo dever, sem falar na preocupação com a escolha que ele fizera.

– Você é um mortal um tanto peculiar, James – declarou Circe. – Não é à toa que minhas mães estão de olho em você. Quem dera você nunca tivesse chamado a atenção delas; fico me perguntando, então, o que você teria feito na vida. – As palavras gelaram um lugar em seu coração que o fez lembrar de quando viu as velas debaixo d'água no Cemitério Flutuante.

– Mas não vamos nos debruçar sobre coisas que não podemos mudar. As Irmãs Esquisitas fizeram você percorrer todo esse caminho para trazer aquele magnífico bolo, devemos então aproveitá-lo! – exclamou Primrose, fazendo Circe e Hazel rirem com ela. Nesse momento, sir Jacob e quatro criaturas esqueléticas entraram no aposento trazendo o enorme bolo. Era uma visão tão singular o contraste da cena: as mulheres sorridentes vivendo em meio a monstros.

– Eles não são monstros, James, mas homens muito semelhantes a você. Mais parecidos com você do que imagina. São responsabilidade nossa e nossa família. – Hazel estendeu a mão para uma das criaturas como se quisesse confortá-la, fazendo com que James se sentisse, de súbito, envergonhado.

– Por favor, peço que me perdoe, Lady Hazel – pediu ele. – Há tantas coisas sobre esta terra que não compreendo. Minha intenção não foi ofender.

– Não estamos ofendidas, James. Sabemos que você tem um bom coração. Nós apenas nos perguntamos por quanto tempo isso permanecerá assim – disse Circe. – Ficaríamos muito felizes em compartilhar todas as nossas histórias com você, poderíamos nos sentar juntos e leríamos o Livro dos Contos de Fadas, você poderia saber sobre as Irmãs Esquisitas, como elas vieram à existência, sobre sir Jacob e as muitas rainhas da Floresta dos Mortos. Há contos maravilhosos em todas as páginas, inclusive histórias que envolvem suas terras. Você poderia ler todos, se apenas concordasse em permanecer aqui conosco – disse Circe, seus olhos brilhando com lágrimas.

– Não chore, cara Circe. Vamos aproveitar este lindo bolo antes de eu partir e realizar meu sonho. Quem sabe? Talvez minhas viagens me tragam de volta para cá mais uma vez – falou James. Ele sabia que provavelmente jamais retornaria, mas apreciava muito a ideia de voltar a ver aquelas mulheres.

– Temos, ainda, um pedido final a lhe fazer, James – disse Circe, sua expressão de repente séria. – Não abra o baú. – O olhar que ela lhe lançou transformou seu rosto em algo quase feroz.

– Não tenho razão para isso, minha senhora. Além disso, Barba Negra já me alertara para não o fazer – afirmou ele.

– Esplêndido. Então, vamos saborear este bolo de aparência deliciosa – disse Primrose. – E vamos aproveitar estes últimos momentos com você, e fingir que você não está partindo nossos corações.

CAPÍTULO X

AS IRMÃS ESQUISITAS

James estava feliz em retornar ao navio naquela noite, longe da Floresta dos Mortos, e ficaria ainda mais feliz quando estivesse bem distante dos Muitos Reinos. Por mais que gostasse das senhoras da Floresta dos Mortos, sentia como se pudesse se perder ali, flutuando para dentro e para fora do tempo tal qual as encantadoras mulheres que chamavam o belo e agourento lugar de lar. A magia pesava na atmosfera do reino, e com ainda mais intensidade na Floresta dos Mortos. Ele pôde respirar com um pouco mais de facilidade quando partiu, mas ansiava por estar no mar de novo. Talvez então pudesse afastar a tristeza que ainda o agarrava. Ele não conseguia parar de pensar no que Circe e as tias haviam lhe dito, que tudo aquilo fazia parte do plano das Irmãs Esquisitas e que ele não seria feliz na Terra do Nunca. Não conseguia se lembrar de ter sido mais feliz em outro lugar do que o tempo que passou no local quando criança. A ideia de ir para o lugar dos seus sonhos e ser infeliz lá era impensável. Era tudo o que sempre quisera. E, embora achasse que as senhoras da Floresta dos Mortos eram sábias e poderosas, elas também lhe pareceram muito perturbadas; James convenceu a si mesmo de que as mulheres não estavam vendo a história com clareza e sentiu no coração que a vida era dele, e ele tinha o poder de comandá-la.

James ficou feliz em ver que Smee se mantivera ocupado enquanto ele estava na Floresta dos Mortos, juntando mais provisões para sua longa jornada para a Terra do Nunca. Ele havia preparado um verdadeiro banquete para o jantar, que já estava pronto quando James retornou, o que o deixou muito grato, porque tudo o que havia comido naquele dia fora bolo.

Enquanto estava lá sentado contando sobre o dia e tudo o que vira na jornada, perguntou-se por que nunca tinha lido sobre aquela terra ou as estranhas bruxas que a habitavam. Parte dele questionou se deveria prestar atenção às advertências de Circe, mas como poderia viver consigo mesmo se não realizasse seu sonho? Será que sempre se veria como um fracassado, covarde demais para viajar ao lugar onde sempre quis viver? Desejou que Barba Negra estivesse ali; ele saberia o que fazer. Era estranho e solitário realizar as refeições sozinho nos alojamentos do capitão. James tinha tantas perguntas para ele que nunca seriam respondidas! Então, lembrou-se do Livro dos Contos de Fadas; decerto as respostas constariam no grande volume. E, no momento que tal pensamento lhe veio à mente, ouviu um barulho vindo do interior do baú de madeira com o olho, que estava do outro lado do aposento.

Caminhou devagar até o baú, lembrando-se dos avisos de Circe e de Barba Negra para não o abrir. Em vez disso, abaixou-se e o examinou, e, ao aproximar o ouvido, percebeu que podia ouvir vozes vindas do interior. Ele recuou rapidamente, espantado. Então, com cautela, pegou o livro e o colocou na cama. Permaneceu ali sentado vendo-o tremer e sacudir, as vozes lá dentro ficando mais altas, e balançando com tanta força que o baú caiu da cama e se abriu.

Entre os itens que se espalharam com a queda, jazia nas tábuas do chão um espelho emoldurado exibindo o rosto de uma mulher de aparência assustadora encarando-o com intensidade. James a reconheceu de imediato do retrato na Floresta dos Mortos, no lugar de honra entre as demais rainhas dos mortos. Agora, porém, não mais congelada no tempo. Estava bastante viva e animada. E rindo. James perguntou-se como uma mulher assim poderia ser a mãe de Circe.

Ela era pálida de um modo perturbador, com maçãs do rosto salientes e olhos muito grandes. Os cabelos eram pretos e cacheados, adornados com uma plumagem vermelha que combinava com a cor dos lábios. Ela usava um colar de prata como o da Rainha Circe, com as três fases da lua, a lua cheia no centro.

– Olá, James – cumprimentou a mulher no espelho. – Eu sou Lucinda, mãe de Circe. Vejo que você já traiu minha filha e Barba Negra ao abrir o baú. – Ela estreitou os olhos para ele, que logo tratou de recolher os itens, meteu-os no baú e fechou de novo a tampa. Uma cacofonia de risos partiu de dentro, tão alto que James temeu que ela fosse ouvida pela tripulação.

– Não abri o baú! Você fez isso ao jogá-lo no chão. O que você quer? – perguntou o jovem, abrindo-o devagar e revelando o rosto da mulher no espelho.

– Essa é a minha pergunta para você, James. Qual é o seu maior desejo?

– Como eu disse à sua filha, desejo ir à Terra do Nunca – respondeu. James tinha certeza de que podia ouvir duas outras vozes gritando no espelho, além da de Lucinda, mas não conseguia ver de quem eram.

– E quanto à sua pobre mãe, James? E a sua casa ancestral? E a promessa que fez a si mesmo quando estava no túmulo oceânico? Já se esqueceu de seu compromisso? – Ela sorriu de modo sinistro, e então a imagem no espelho mudou, mostrando a mãe dele em roupas de luto, chorando e sozinha em sua sala de estar.

– O que aconteceu com minha mãe? Quem morreu? – James questionou, agarrando a moldura dourada do espelho.

– Seu pai flutuou para além do véu, deixando-a sozinha para cuidar de si mesma. Logo ela perderá a casa, se você não a ajudar.

James não suportava o sorriso sem alma de Lucinda, e alguma coisa na expressão dela o assustava. Havia algo mais se agitando por trás de seus olhos, e lhe pareceu que o sorriso era uma máscara contorcida que reprimia a loucura. Aquela mulher o apavorava.

– Tenho certeza de que as coisas não se complicaram tanto no pouco tempo que estive fora – afirmou James. Sentia-se desesperado, desamparado, lamentando não estar lá para ajudar a mãe. Mesmo que não quisesse a vida que ela havia lhe planejado, não voltaria atrás em sua palavra; não a deixaria ser arruinada.

– O tempo transcorre de forma diferente neste lugar, James. Embora você esteja aqui há um dia, muitos anos se passaram no reino humano.

James não conseguia imaginar quanto tempo havia se passado no próprio mundo enquanto estava ali e sentiu angústia pela mãe, lembrando-se de sua promessa. Ele não queria adiar a viagem à Terra do Nunca, mas decidiu que seria melhor conversar com a tripulação sobre planejar um ataque ou retornar para onde o *Temida Rainha* havia afundado no oceano, a fim de tentar reaver o tesouro.

– Mas você já tem os tesouros de que precisa bem na ponta dos dedos. Leve o conteúdo deste baú para Londres e venda tudo, com exceção do espelho e do relógio de ferro, para aquela loja na Eaton Square. Será mais do que suficiente para sua mãe pagar o imposto sucessório e salvar a propriedade. Então, você poderá ir para a Terra do Nunca, como tanto quer – disse Lucinda.

– Já fiz um trato com Circe. Ela vai me levar à Terra do Nunca – declarou James.

– Você tem certeza de que ela vai cumprir a promessa que fez, James? Sei que ela tentou convencê-lo a ficar na Floresta dos Mortos. O que a impede de voltar atrás na promessa?

– A Rainha Circe não me parece uma mentirosa. Acredito que ela cumprirá o prometido, embora eu duvide que você cumpriria sua palavra caso eu fosse tolo o suficiente para fazer um trato com você.

– Não temos intenção de voltar atrás em nossa promessa, James. Ao contrário de Circe, queremos que você vá para a Terra do Nunca; também é nosso maior desejo enviá-lo para lá, porque queremos que nos traga Sininho, em troca de seu verdadeiro desejo.

Naquele momento, ele sentiu que entendia o que as motivava a quererem-no na Terra do Nunca e não compreendeu por que Circe não compartilhara isso com ele. Talvez ela estivesse tentando proteger a fada; ele não sabia, mas para James não parecia uma trama sinistra que o envolvesse além de dar às Irmãs Esquisitas algo que desejavam em troca de algo que ele queria de verdade.

– O que vocês querem com Sininho? – perguntou. Ele sabia quem era Sininho; ela estava em todas as histórias de Peter Pan, aquelas que conhecera quando criança. Sininho era uma das maiores companheiras de Peter. A Terra do Nunca não seria a mesma sem ela.

– Sininho pertence aos Muitos Reinos, James. Ela foi enviada daqui muitos anos atrás por sua própria laia, para nunca mais regressar. Você está certo em pensar que Circe está tentando proteger a fada, mas Sininho não é uma fada qualquer. Ela estava em conluio com as fadas que a baniram, e agora a pobrezinha está perdida e abandonada na Terra do Nunca. Apenas desejamos trazê-la de novo para casa – explicou Lucinda.

– E se ela não quiser voltar? – questionou James, estreitando os olhos para Lucinda, ao se lembrar das advertências de Circe sobre suas mães.

– Então, você a trará à força. A Fada Suprema desta terra removeu as lembranças dela deste lugar. Assim que a fada artesã retornar, ela ficará feliz por estar em casa novamente. Você sabe como é estar longe do lugar que se ama com todo o coração – disse Lucinda, fingindo compaixão o melhor que pôde.

De fato, ele sabia como devia ser para a pobre fada; ele próprio sentia aquilo desde que fora arrebatado da Terra do Nunca. Talvez, em algum lugar em seu íntimo, Sininho também experimentasse a sensação de perda, mas não soubesse o motivo, por ter sido privada de suas lembranças. Ele se perguntava, porém, se a bruxa estava sendo sincera. Parecia ter uma lembrança sobre Sininho pertencer à Terra do Nunca, mas era uma lembrança que há muito se dissipara na névoa fina do breve período na infância que passara lá.

– Se concordar em fazer isso, nós lhe daremos o pó mágico das fadas necessário para chegar à Terra do Nunca, embora só tenhamos o suficiente para fazê-lo chegar até lá. Você precisará do pó de Sininho para trazê-lo de volta. Se não a capturar, ficará preso na Terra do Nunca para sempre – explicou ela, com a cabeça estranhamente inclinada para um lado, como se estivesse ouvindo outra pessoa enquanto falava com James.

A ideia de ficar preso na Terra do Nunca para sempre não soava como um destino terrível – era de fato o que ele queria –, embora ainda não visse por que deveria ajudar as Irmãs Esquisitas quando poderia facilmente dar a Circe o que ela queria em troca de sua passagem para a Terra do Nunca.

– Temos o poder de conceder seu verdadeiro desejo, aquele que está escondido dentro de sua alma. O desejo que minha filha se recusa a lhe conceder – falou Lucinda, rindo.

– Têm mesmo? Se vocês puderem me conceder meu maior desejo, meu desejo secreto, então, farei o que pedirem – afirmou o jovem, imaginando se estava fazendo a coisa certa. Parte dele queria abandonar aquele lugar, com os tesouros de Barba Negra, para nunca mais voltar, e encontrar outro caminho para a Terra do Nunca. Sentiu que estava traindo não apenas Circe, mas também Barba Negra, e, ainda assim, pensava que não tinha outra escolha. Vender os tesouros de Barba Negra garantiria o futuro de sua mãe, e, se Lucinda tivesse o poder de enviá-lo para a Terra do Nunca *e* conceder seu desejo secreto, aquele que ela e Circe vislumbraram enterrado no fundo de seu coração...

– Volte para Londres e venda esse tesouro o mais rápido que puder. Os itens no baú estão amaldiçoados, e você faria bem em se livrar deles o quanto antes. Uma vez que fizer isso, estará livre para ir à Terra do Nunca.

Ele odiava trair Barba Negra e as senhoras da Floresta dos Mortos, mas não via outra maneira de salvar sua mãe e conseguir o que realmente queria.

– Farei o que você pede – declarou ele.

– Bom garoto – disse Lucinda. – Nós lhe diremos onde encontrar a magia de que necessita para chegar à Terra do Nunca assim que terminar os negócios em Londres. – E, então, com gargalhadas estridentes, ela desapareceu do espelho mágico.

James sentiu mais uma vez um calafrio percorrer-lhe o corpo. Perguntou-se se era assim que se sentiam todos que faziam tratos com as Irmãs Esquisitas; então, lembrou-se do que Barba Negra havia dito. E pensou que talvez só estivesse com medo porque estava um passo mais próximo de realizar seu sonho.

CAPÍTULO XI

A LOJA DE ANTIGUIDADES

As Irmãs Esquisitas estavam certas; muitos anos haviam se passado desde que James estivera em Londres pela última vez. A mulher que vendia violetas na esquina estava muito mais velha, e algumas das lojas haviam mudado, mas a lojinha na Eaton Square que ele visitara antes de se aventurar nos Muitos Reinos ainda estava lá. Quando entrou no lugar, o pequeno sino de bronze acima da porta soou, alertando o dono do estabelecimento. Embora ele estivesse muito mais velho agora, já não fosse o jovem que James conhecera quando adquirira as primeiras roupas de pirata, ainda o reconhecia.

– Boa noite, senhor – cumprimentou o dono da loja ao sair de trás da cortina. – Em que posso ajudá-lo?

– Obrigado, bom homem. Tenho vários itens que gostaria de vender – afirmou James, abrindo o baú. Em seu interior, havia um broche e brincos, todos de jade, e o Livro dos Contos de Fadas. E, no último momento, decidira que tentaria vender também as fivelas de ouro, tendo-as guardado no baú antes de sair para ir à loja. Ele havia deixado o espelho e o relógio de ferro no navio, trancados em sua mesa, e trazia a chave presa a uma tira de couro pendurada ao redor do pescoço.

– São itens muito bons, senhor – reconheceu o comerciante, os olhos fixos nos tesouros. – Eu adoraria comprá-los, mas são um pouco caros demais para mim – disse ele, franzindo a testa.

– Ajudaria em algo saber que foram saqueados por um grande pirata e trazidos para cá de uma terra mágica distante? – perguntou James. – Aposto que isso despertaria a imaginação de senhores e senhoras que frequentam sua lojinha em busca de antiguidades. – Dava para ver as engrenagens na cabeça do homem trabalhando. James podia entender por que ele hesitaria em comprar tantos itens caros de uma só vez, ter tanto valor preso em seu estoque, mas precisava fazer tudo o que estivesse ao seu alcance a fim de ter certeza de que conseguiria o dinheiro necessário para ajudar a mãe. Então, fez o que fazia de melhor. Ele falou.

– Sim, pode me contar mais? – pediu o velho. E essa foi a deixa de James. Ele compartilhou a narrativa com o homem enquanto dava uma volta pela loja, regalando-o com a história de Barba Negra, fazendo uso de floreios dramáticos e, às vezes, representando as cenas. Ele teceu um conto carregado de grandes aventuras e conjurou imagens na mente do dono da loja, até que finalmente viu que o homem não desejava outra coisa senão narrar as mesmas histórias para as pessoas que entravam no estabelecimento. Conforme caminhava por ali, James procurou a sobrecasaca vermelha que tanto cobiçara na última vez em que estivera lá e que povoava sua imaginação desde que pusera os olhos nela pela primeira vez. Tinha pouca esperança de encontrá-la, já que tanto tempo havia se passado, mas, então, viu: o redingote carmesim debruado em ouro, aquele que achava adequado a um capitão. Ainda permanecia após todos esses anos, e, ao lado, havia um magnífico chapéu de pirata projetando de seu topo uma grande pluma branca.

– Você tem algum lugar onde eu possa experimentar isso? – ele perguntou, enquanto o comerciante examinava os tesouros no baú, avaliando-os como um dragão ganancioso.

– Sim, senhor, bem ali – indicou o velho, lançando a James um olhar estranho, e James ficou pensando se o dono se lembrava dele e se perguntava como era possível que não houvesse envelhecido. Então, ele riu, percebendo ser óbvio que o homem o encarava de tal forma; provavelmente, não era todo dia que um pirata dava o ar da graça em sua loja para vender um tesouro.

– Devo então descontar o valor do casaco e do chapéu do saldo, senhor? – indagou o comerciante quando James saiu do provador, tendo, sem sombra de dúvida, decidido que queria adquirir as peças.

– Sim, obrigado, meu bom homem – agradeceu James. – E espero que não lhe cause demasiada frustração, mas acho que mudei de ideia a respeito de vender as fivelas das botas; descobri que não posso me desfazer delas, afinal. – Ele já achava que vender os tesouros de Barba Negra era uma traição; não podia vender também as fivelas das botas. – Aposto que os outros itens ainda alcançarão um bom preço, não? – James esperava conseguir o suficiente para ajudar sua mãe mesmo sem as fivelas de ouro das botas incluídas no lote, mas decidiu que, se precisasse vendê-las, ele o faria e, assim, poderia se desfazer delas com menos culpa.

– Ah, sim, senhor, um bom preço, de fato – afirmou o homem, anotando um número em um pedaço de papel e o entregando ao pirata.

– Isso servirá muito bem – disse James, sorrindo, sentindo o peso de sua obrigação para com a mãe ser retirada de seus ombros, bem como a obrigação para com as Irmãs Esquisitas, e estava contente por preservar algo pelo que se lembrar do amigo. Não que ele precisasse ser lembrado; pensava em Barba Negra com frequência e sentia muita falta dele.

– Foi um prazer fazer negócios com você, meu bom homem. Não creio que terá problemas para vender tais tesouros, em especial se disser a seus clientes que eles foram adquiridos por um pirata.

– É você o pirata da história, então? – perguntou o dono da loja, com os olhos arregalados.

– Não – respondeu James com um sorriso. – Mas eu sou o pirata da *minha história*.

James deixou a loja de antiguidades, com o baú de madeira agora cheio até a boca de dinheiro, e o coração repleto de esperança. Ele tinha a soma mais do que suficiente para ajudar sua mãe e pensou que, se Barba Negra estivesse vivo, concordaria com sua escolha. Pelo menos, era isso que esperava. Ele conservara, afinal, as fivelas das botas e tinha de admitir que mal podia esperar para ver como elas ficariam com seu novo chapéu e a sobrecasaca. Ele vestira as peças ao sair da loja, sentindo-se finalmente um pirata de verdade. Sentia-se vivo e fervilhava de animação. Estava cada vez mais próximo de cumprir suas obrigações com as Irmãs Esquisitas e concretizar seu sonho.

Estava prestes a embarcar na mais grandiosa aventura, e logo estaria rumando à Terra do Nunca como capitão de seu próprio navio, com uma tripulação pirata à sua disposição. A vida era boa. Mas, primeiro, ele tinha uma última coisa a fazer.

Tinha de ir para casa.

James não esperava sentir tamanho pesar ao ver a mãe tão mais velha e em tal estado de tristeza. Ele a encontrou sentada perto de sua fonte preferida, onde ela e o pai de James desfrutavam do silêncio da manhã, mas agora os jardins estavam descuidados, e os cabelos negros da mãe apresentavam mechas grisalhas. Ela parecia solitária e inconsolável, mas ele não conseguiu encará-la; sabia que ela iria implorar que ficasse, e havia uma parte dele que desejava ficar. Ele era tudo o que lhe restava agora, e isso partiu seu coração. James acessou a residência pela entrada dos criados e depositou o baú de madeira cheio de notas em sua penteadeira, junto a um pequeno bilhete.

Querida mamãe,

Estou profundamente triste ao saber do falecimento de papai e de suas circunstâncias atuais. Por favor, aceite este presente, sabendo que nunca me esqueci do meu dever nem de meu amor por você.

Sinceramente,
James

CAPÍTULO XII

RUMO À TERRA DO NUNCA

Assim que James estava de volta a bordo do navio, foi direto para os aposentos com o objetivo de admirar no espelho o redingote e o chapéu recém-adquiridos. Até que enfim parecia um capitão. Havia feito o que Lucinda lhe pedira, ajudara a mãe a salvar a casa e agora estava prestes a iniciar uma jornada fantástica. Sentia-se culpado por não falar com sua mãe, mas já esperara tempo demais para encontrar a Terra do Nunca.

Ele tinha mais uma tarefa antes que pudesse zarpar – precisava contatar Lucinda em seu espelho mágico. Ela pedira para avisá-la assim que resolvesse as coisas em Londres e então lhe forneceria os meios para voar até a Terra do Nunca. Ele mal conseguia acreditar que tudo aquilo estava finalmente acontecendo. Suas mãos tremiam quando foi até sua mesa, destrancou a gaveta e a abriu. O rosto de Lucinda já estava lá no espelho mágico, aguardando-o quando a gaveta foi aberta.

– Com a breca! Você tem sempre que ficar à espreita neste espelho?

– Olá, James. Você vendeu todo o conteúdo do baú, exceto o espelho e o relógio de ferro, conforme o instruído?

– Vendi – respondeu ele. – Mas não entendo por que você queria que eu ficasse com o relógio.

– Para ter controle do tempo, é claro – explicou ela, rindo. – Vejo que comprou a sobrecasaca carmesim, exatamente como está escrito no Livro dos Contos de Fadas. Combinará muito bem com as fivelas douradas que Barba Negra lhe deu.

– Estou mesmo neste livro? Como você sabe sobre as fivelas das botas? – indagou ele, perguntando-se por que não pensou em ler sua história antes de vender o livro ao comerciante.

– Sim, sua história teve início muito antes do dia em que você caiu do carrinho de bebê – falou ela, sorrindo. – Nós o observamos desde então. – Ele podia escutar as risadas de outras mulheres ao fundo, mas, como antes, não conseguia vê-las.

– Circe diz que vocês estão me observando desde antes de eu nascer, mas não vejo como isso possa ser possível – declarou, encarando os olhos de Lucinda, que agora estavam cheios de raiva.

– Circe não se pronuncia senão por enigmas agora que governa a Floresta dos Mortos. Ela está perdida nas brumas do tempo e está perdida para nós, embora não veja isso agora – disse Lucinda, as irmãs gargalhando fora da visão de James no espelho. Parecia que Lucinda estava ouvindo uma das irmãs falar com ela.

– Onde estão as irmãs? Posso ouvi-las, mas só vejo você – falou ele, incapaz de evitar perguntar.

– Circe não lhe contou o que ela fez conosco? Se deseja conhecer a vergonha de Circe, ela mesma deve compartilhá-la com você – retrucou Lucinda. A voz soou oca e não foi acompanhada de risadas. James não conseguia imaginar Circe fazendo qualquer coisa que a envergonhasse ou ferisse alguém que amasse, e seu arrependimento por traí-la estava começando a pesar no coração.

– Vejo que minha filha o enganou, James. É verdade que ela tem a melhor das intenções. Ela é governada pelo coração e faz o que acha correto, mas também sempre fizemos o mesmo, e aonde isso nos levou? Estamos presas aqui, nem vivas, nem mortas. Não se esqueça de que Circe somos nós e nós somos ela – declarou Lucinda.

James mal sabia o que dizer. Conversas íntimas o deixavam desconfortável, e ele vinha tendo tantas dessas ultimamente, que estava começando a achar tais enigmas e meias-verdades de bruxas exaustivos. Estava ansioso para iniciar a aventura. E se cansando da conversa-fiada, desejando ir direto ao ponto, mas não queria dar a Lucinda outro motivo para ficar com raiva dele.

– Suponho que você esteja querendo saber onde escondemos a magia que o levará à Terra do Nunca, não é mesmo? – ela perguntou. – Tudo que precisa fazer é colocar a mão no bolso.

– Que brincadeira é essa? – indignou-se James.

– A magia está aí, no seu bolso – esclareceu Lucinda, seu sorriso agora retornando.

James enfiou a mão no bolso e encontrou um pequeno frasco de vidro, com uma rolha, que continha um pó cintilante.

– Isso é tudo de que preciso para chegar à Terra do Nunca? *Isto aqui*? – disse, olhando para o pequeno frasco. – E esteve no bolso desta sobrecasaca o tempo todo? Por pouco não comprei a roupa antes mesmo de nos conhecermos.

– Sabemos disso. Esteve na loja aguardando por você todos esses anos, desde que pedimos a Barba Negra para colocá-lo lá – contou Lucinda, rindo junto às gargalhadas sem rosto que James presumia virem das irmãs.

– Do que está falando? Você pediu a Barba Negra que o colocasse lá? Por que ele simplesmente não me falou onde eu poderia encontrar o pó? Por que me enviar nessa jornada desnecessária e enlouquecedora? – James se viu frustrado, como se tivesse sido guiado desde o início. E sentiu o peso esmagador das advertências de Circe; descartou-as junto a seu medo de uma vez.

– Barba Negra não sabia que o frasco estava no bolso. Ele estava apenas concluindo uma tarefa em troca de seu desejo. Se soubesse que o pó no frasco poderia ser usado para viajar à Terra do Nunca, tenho certeza de que teria lhe contado. Ele o amava como a um filho, James, o filho que ele sempre quis e pediu-nos, o filho que demos a ele – explicou Lucinda.

– O que está dizendo? – admirou-se James, provocando outro ataque de riso em Lucinda, com as gargalhadas desvairadas.

– Você sabe que Barba Negra pegou nossos tesouros, mas você desconhece a razão pela qual ele veio até nós para começo de conversa. Ele queria um filho ou alguém que pudesse amar como a um filho. E foi isso que nós lhe demos; você, em troca de levar aquela sobrecasaca para a loja em Eaton Square.

– Está me dizendo que ele viveu em tormento, sofrendo sem jamais descansar, para logo morrer depois de conhecer o amor de um filho? Você é uma mulher má, Lucinda. Arrependo-me mais do que nunca de ter feito um acordo com você.

– Você não tinha escolha. Já estava escrito. Amaldiçoamos Barba Negra com a vida eterna por levar nossos tesouros; se não tivéssemos feito isso, ele nunca o teria encontrado e trazido até nós para que pudéssemos lhe mostrar o caminho para a Terra do Nunca. Tudo correu muito bem, você não acha? – Lucinda parecia muito satisfeita consigo mesma.

James desejou mais do que nunca ter guardado o Livro dos Contos de Fadas ou pedido a Circe que compartilhasse a história com ele. Desde o dia em que caiu do carrinho de bebê, sentiu como se estivesse sendo conduzido por um caminho que o levaria ao seu sonho, mas agora via que eram as Irmãs Esquisitas que tramavam e interferiam em seu destino como se fossem as mãos das próprias Parcas. Ele se perguntou se deveria ter escutado os avisos de Circe e começava a temer que ela estivesse dizendo a verdade.

– Minha filha não sabe nada sobre destino – falou Lucinda, lendo a mente de James. – Ela acha que o destino é mutável, mesmo que todo o tempo e suas histórias estejam gravados em sua alma, e mudar as histórias seria romper seu âmago. Você viu como ela estava torturada, triste e cansada, porque está tentando mudar histórias que já estão escritas, mas nós aprendemos depois de tantos anos de desgosto e destruição ao tentar fazer o mesmo. É nosso dever, de minhas irmãs e meu, garantir que os eventos ocorram conforme são escritos. Você recebeu um presente, James. Tem os meios para encontrar novamente a Terra do Nunca. Você vai deixar que seu medo de realizar seus sonhos o afaste disso e de seu mais profundo desejo, seu verdadeiro desejo, do que você quer acima de tudo, quando chegar à Terra do Nunca? – ela questionou, parecendo bastante séria e serena, e, naquele momento, ele viu como de fato aquela mulher era a mãe de Circe.

– Como eu uso o pó? – questionou o pirata, segurando o frasco na altura do lampião para dar uma olhada melhor no conteúdo. Era lindo vê-lo brilhar sob a luz, dançando dentro do vidro como se estivesse desejando ser libertado. Ele decidiu naquele momento que não poderia fugir do destino; não importa o preço que pagaria, ele iria para a Terra do Nunca e realizaria seu maior desejo.

– Coloque-o na palma da mão e sopre-o em direção às suas velas. A magia fará o restante. Apenas navegue para a segunda estrela a partir da direita e prossiga em frente até de manhã. – Lucinda estreitou os olhos para ele. – Sinto que você tem uma pergunta, James, algo a ver com a minha filha.

– Você acha que ela vai ficar muito zangada comigo por voltar atrás na minha palavra?

– Deixe Circe comigo – disse ela.

– Mas ela é a Rainha dos Mortos – lembrou ele, lamentando a traição, porém não havia maneira de contornar isso. Circe disse que não estava em seu poder conceder-lhe seu desejo secreto, aquele oculto no fundo de seu coração, o que ele queria ainda mais do que encontrar a Terra do Nunca. Mas ele não podia deixar de se sentir culpado por traí-la e por trair Barba

Negra, mesmo que isso significasse ajudar sua mãe e obter seu maior desejo.

– Circe pode ser a Rainha dos Mortos, mas sou a mãe dela, e aqueles tesouros pertenciam a mim, não a Circe nem a Barba Negra. Farei com eles o que eu bem entender. Esqueça Circe; ela não pode dar-lhe o que deseja verdadeiramente. Agora vá. Parta para a Terra do Nunca e retorne com Sininho, aí poderá começar a viver da maneira que sempre sonhou – declarou Lucinda, sorrindo.

James respirou fundo quando voltou a se postar diante do espelho, a fim de admirar as roupas mais uma vez. Os cabelos tinham ficado bem mais compridos durante o tempo com Barba Negra, e ele havia cultivado um elegante bigode, longo e pontudo. Só precisava de mais uma coisa para completar a indumentária: as fivelas de ouro da bota. As que Barba Negra lhe dera. Elas, de fato, faziam-no sentir-se temeroso quando as segurava nas mãos, mas tinha saudade de Barba Negra e sentia que, ao usá-las, ele o estaria levando nesta importante aventura.

– Barba Negra disse que você não amaldiçoou as fivelas das botas, é verdade? – perguntou, tirando-as do bolso.

– Juro a você pelo espírito de minhas irmãs que não amaldiçoamos essas fivelas das botas – assegurou ela. Antes que ele pudesse perguntar mais alguma coisa, a imagem de Lucinda desapareceu do espelho.

Quando as colocou, teve o mesmo pressentimento de quando Barba Negra lhe dera o precioso presente. Sentiu medo. Respirou fundo, olhou para as fivelas das botas e foi dominado por uma onda de pânico tão forte que teve vontade de esmagar o frasco de pó de pirlimpimpim. Não entendia exatamente o que estava sentindo. Parecia um instinto – algo dentro de si lhe dizendo que estava cometendo um erro, que precisava abandonar a viagem. Então, ele se lembrou das palavras de Barba Negra:

"Realizar os sonhos pode ser uma aventura aterrorizante, por medo de que não correspondam às expectativas."

James se obrigou a deixar o receio de lado, virou-se do espelho e, com um floreio teatral de sua sobrecasaca, deixou os aposentos para enfim embarcar em sua aventura. Tentou banir todo o medo e toda a dúvida de seu coração. Ele estava pronto.

De pé no convés do *Jolly Roger*, James segurou o pó mágico na palma da mão. A lua cheia brilhava no céu, o potente luar banhando com intensidade a cidade de Londres, fazendo-a cintilar. Ele nunca tinha visto uma noite tão linda quanto aquela. O céu faiscava com a luz das estrelas, e seu coração disparou quando se deu conta da direção para a qual rumava: a Terra do Nunca, o reino entre as estrelas. Era como se estivesse vendo as coisas com mais clareza agora. Não tinha certeza se era o pó de pirlimpimpim, mas tudo estava mais vívido, e as apostas pareciam mais altas. Talvez fosse o fato de estar definitiva e verdadeiramente a caminho da Terra do Nunca ou talvez a magia no ar, mas sentia-se mais vivo do que quando estava preso na antiga vida. E agora ele poderia se aventurar em qualquer lugar que quisesse sem culpa ou obrigação para com sua família. Seu único compromisso era com Lucinda: capturar e levar Sininho de volta. Um pequeno preço a pagar para conseguir o que almejava de fato.

Um pequeno preço a pagar por uma vida maravilhosa.

– Não dever ser difícil capturar uma fada – ponderou enquanto esvaziava o pequeno frasco de pó de pirlimpimpim na palma da mão. Ele respirou fundo e, então, soprou o pó para o alto, em direção às velas. Flutuando magicamente no vento, o pó cintilante elevou-se em espiral na noite, fazendo as velas brilharem.

– Tomem suas posições, cavalheiros, estamos indo para a Terra do Nunca! – declarou, apontando para o céu, onde o pó luminoso subia e se misturava com as estrelas. O navio avançou pelo mar e, então, levantou voo, cavalgando o pó mágico. – Para a segunda estrela à direita! – gritou ele para Skylights, que estava no timão. James permaneceu no convés, maravilhado com o panorama. Estavam rodeados por nuvens; a lua parecia ocupar todo o céu. O redingote de James tremulava na brisa e, à medida que ganhavam cada vez mais altura, seu coração ficava mais leve. Era como se, quanto mais próximo da Terra do Nunca ele chegasse, menos se sentisse sobrecarregado pelas preocupações e tristezas que pesavam sobre ele quando estava em Londres ou nos Muitos Reinos, aliás. Estava começando a se sentir jovem de novo e sem amarras. Nunca tinha se sentido tão animado em toda sua vida, e, antes que se desse conta, e bem antes que esperasse, já era manhã, e ele percebeu que haviam navegado alto demais. A Terra do Nunca estava abaixo deles, mas James estava muito feliz em contemplá-la daquele ponto de vista. Perdeu o fôlego ao avistá-la; ele enfim chegara em casa.

O navio pousou em uma lagoa perto de onde os Garotos Perdidos brincavam. Era como rever velhos amigos, e seu coração saltou de alegria. James disparou para estibordo, os braços estendidos como se esperasse ser abraçado por seus antigos companheiros.

– Meus amigos! Até que enfim voltei para casa!

James estava tão feliz por estar de novo em casa, por ver os amigos tão contentes e tão livres dos fardos que os adultos carregam em suas almas. Mal podia acreditar que finalmente estava lá.

– Olá para vocês, rapazes! – James não conseguia conter sua alegria. – Do que estão brincando hoje? Posso me juntar a vocês?

– Dê o fora, pirata! Não somos homens, nem rapazes, nem nada disso! – disse Peter com um olhar indignado no rosto.

– Somos velhos amigos, você e eu. Não vai saudar-me como tal? Com certeza você se lembra de mim, não, Peter? – perguntou James, sorrindo e esperando que o velho amigo o reconhecesse.

– Não tenho o hábito de fazer amizade com piratas – respondeu Peter, zombando. – Você não deveria estar roubando um tesouro ou sequestrando alguém? Quem é que já ouviu falar de um pirata tentando fazer amigos? – disse Peter, fazendo os Garotos Perdidos pararem com as palhaçadas e rirem. Raposo, Coelho, Cangambá e os Gêmeos Guaxinins haviam colocado Ursinho num estilingue gigante e estavam prestes a lançá-lo rolando pela lagoa.

– Vá logo, tire o seu navio da frente, estamos tentando lançar o Ursinho – disse Cangambá.

– É, saia daqui! Você está arruinando o nosso jogo! – exclamou Coelho.

– Sim, quem disse que você poderia pousar em nossa lagoa, afinal? – disse Raposo, mostrando a língua para James.

– Nenhum de vocês me reconhece? Com certeza devem me reconhecer, Peter! – disse James, tornando-se plenamente ciente de que seus homens observavam, e ele estava começando a se sentir tolo.

James não havia percebido Sininho postada no ombro de Peter até vê-la sussurrar algo em seu ouvido, fazendo os olhos de Peter se arregalarem de surpresa.

– É você mesmo, James? – ele perguntou, sua expressão mudando, seus olhos esbugalhados. – Eu não o reconheci, você está tão velho agora – disse Peter, rindo, jogando a cabeça para trás, a boca aberta, assim como James se lembrava dele.

– Não fale com ele, Peter. Ele é um adulto! – avisou Coelho.

– Não podemos confiar nele! – disse Ursinho. – Ele está arruinando nossa brincadeira!

James não entendia por que seus velhos amigos estavam agindo assim. Ele enfim estava lá e Peter e os Garotos Perdidos o odiavam.

– Sininho diz que você não é confiável, e acho que ela está certa! – Peter falou, mas, antes que James pudesse responder, Smee apareceu por trás dele, entrando na conversa.

– Eu lhes asseguro que senhor James é inteiramente digno de confiança e vem no espírito de amizade. Eu o conheço desde que era pequeno e sei que ele desejou este dia a vida toda.

Peter estreitou os olhos para Smee e, então, olhou para James novamente, contemplando os dois.

– Prossiga – disse ele, e James não sabia dizer se Peter parecia intrigado e entretido com o sr. Smee ou se estava apenas se divertindo às suas custas. Fosse uma coisa ou outra, James estava feliz por Smee ter chamado a atenção de Peter.

– E se eu lhe dissesse que daqui a três noites teremos uma festa esplêndida e que você e seus Garotos Perdidos foram todos convidados? Haverá música, comida, dança e jogos. Vocês se juntarão a nós? – perguntou Smee, sorrindo. James achou a ideia brilhante e desejou ter pensado nela ele próprio.

– Comida e jogos, você diz? – questionou Peter, com a mão no quadril.

– Ah, sim! A comida mais gostosa que você já provou. Smee aqui é um cozinheiro esplêndido – disse James.

– Vai ter bolo? – perguntou Ursinho.

– E geleia? Vai ter geleia? – quis saber um dos gêmeos Guaxinim.

– E quanto a doces? Vocês têm chocolate? – questionou Raposo.

– E bolo de chocolate? Vai ter bolo de chocolate? – perguntou Peter.

– Sim, meus amigos, o maior bolo de chocolate que vocês já viram! Por favor, juntem-se a nós. Prometo que será uma noite inesquecível – assegurou James, sorrindo.

– Muito bem. Vemos vocês lá, então – Peter disse com um sorriso travesso.

– Magnífico! E, Sininho, você também é muito bem-vinda, espero que se junte a nós – James disse, retribuindo o sorriso e elaborando o plano para sequestrar a fadinha.

CAPÍTULO XIII

O CANTO DAS SEREIAS

Com sua sugestão de oferecer uma festa aos Garotos Perdidos, Smee proporcionou a James a oportunidade perfeita para capturar Sininho, mas precisava planejar com cuidado. James não queria que Peter soubesse do seu envolvimento. Ele se sentia péssimo, de verdade, por começar desse jeito, enganando seus amigos. Desejou estar apenas dando uma festa para eles a fim de lhes mostrar que era confiável, mas não fora esperto quanto à sua chegada à Terra do Nunca, pousando bem ali na lagoa, em frente a Peter e aos Garotos Perdidos. Se não estivesse tão animado para vê-los, tão feliz por estar novamente em casa, teria pensado melhor em anunciar seu retorno. Deveria ter sido mais furtivo, aparecer em segredo e se esconder, e *só aí* encontrar um modo de capturar Sininho. Mas era tarde demais para planos furtivos; Peter sabia que ele estava lá e tinha de tirar o melhor proveito da situação.

A tripulação ficou empolgada com a sugestão de James de que atracassem o *Jolly Roger* em uma ilha assustadora em formato de caveira.

– É o esconderijo pirata perfeito! Aposto que não há outra tripulação com uma guarida como esta.

– Imagine todo o tesouro que podemos esconder lá. Nunca precisaremos nos preocupar com outra tripulação pegando nosso saque.

Skylights também parecia aprovar a Terra do Nunca.

– Podemos usar a Terra do Nunca como nossa base entre as campanhas, se você achar que é seguro, capitão. Quem mais há aqui além dos Garotos Perdidos?

James não sabia como revelar à tripulação que não pretendia deixar a Terra do Nunca, não depois que levasse Sininho aos Muitos Reinos. Ele não queria que nada os distraísse do plano nem estava pronto para todas as perguntas que a tripulação faria se dissesse que não tinha intenção de continuar sendo um pirata.

– Não há sentido em montar acampamento na Ilha da Caveira quando temos tudo de que precisamos no navio. Vamos nos concentrar no plano de capturar Sininho e levá-la para os Muitos Reinos, e então estaremos livres para decidir o que fazer a seguir.

Os homens pareceram satisfeitos com a resposta, e nenhum deles era do tipo que se furtava a um bom logro, então, estavam todos entusiasmados com o plano de James.

– Muito bem, homens, vou ver a quantas anda o sr. Smee.

James o encontrou na cozinha cercado por panelas borbulhantes cozinhando no fogo.

– Smee, meu velho amigo, vejo que já está se dedicando ao trabalho de preparação para a festa! Existe alguma coisa aqui que faria alguém dormir? – James estava fuçando as várias especiarias e chás na despensa. Podia perceber que estava irritando seu velho companheiro. – Qual é o problema, homem? Estou perturbando sua organização? Estou deixando tudo fora do lugar? – perguntou James, sorrindo.

– Sinto muito, senhor, mas sim. Por favor, permita-me – falou Smee, dirigindo-se à despensa. – Sei que o Capitão Barba Negra colocava um sonífero no chá todas as noites antes de dormir; deixe-me apenas localizá-lo. Embora eu não tenha certeza de quão eficaz era, já que ele nunca parecia dormir. Por que você pergunta? – indagou, passando por James, localizando a garrafa e entregando-a a ele.

– Isso seria suficiente para fazer todos os Garotos Perdidos adormecerem? – James perguntou, segurando a garrafa.

– Eu diria que não, mas temos mais. Barba Negra sempre se certificou de que eu o mantivesse bem abastecido disso – contou Smee, estreitando os olhos. – O que tem em mente, senhor? – ele quis saber.

– Quero que você prepare o bolo de chocolate mais magnífico, mais delicioso e mais atraente, e que acrescente este preparado sonífero. Vamos capturar uma fada!

– Perdoe-me por dizer isso, senhor, mas tal procedimento é temerário! Peter e os Garotos Perdidos saberão que foi você. Não confio nessas Irmãs Esquisitas e não consigo acreditar que você concordou com o plano insano delas.

– Já passamos por isso, Smee. Que escolha eu tinha? Era a única forma de ter certeza de que minha mãe seria cuidada. Se você a visse, sr. Smee, compreenderia por que tive de fazer um acordo com as Irmãs Esquisitas, mas a única maneira de elas concordarem em me conceder meu maior desejo é se eu concordar em levar-lhes Sininho.

– Achei que já tivesse conquistado seu maior desejo; estamos na Terra do Nunca! É tudo o que sempre quis. – Smee franziu as sobrancelhas.

James ficou surpreso. Pensou que, se existisse alguém que haveria de conhecer seu maior desejo secreto, esse alguém seria Smee.

– Há outra coisa que desejo acima de tudo, e Lucinda garantiu que tem o poder de fazê-lo. Além disso, Peter não saberá. Quando todos estiverem dormindo, usarei o pó de Sininho para nos levar aos Muitos Reinos para que eu possa entregá-la a Lucinda. Já estaremos de volta quando todo mundo acordar, fingiremos que também nos fizeram dormir e agiremos com a mesma surpresa que eles pelo desaparecimento de Sininho. Peter não vai suspeitar de nada. É brilhante! – concluiu James, parecendo muito satisfeito consigo mesmo.

– Mas é certo levar Sininho contra sua vontade?

– Ela foi mandada para cá contra sua vontade, Smee, levada do lar que ela ama. Vou levá-la de volta para o lugar ao qual pertence.

– Tem certeza de que ela não é do Refúgio das Fadas?

– Refúgio das Fadas? – James não sabia do que Smee estava falando.

– Você me contou sobre ele inúmeras vezes quando criança. Não se lembra? Disse que era o coração secreto da Terra do Nunca, onde nascem todas as fadas.

James não se lembrava; até onde sabia, Sininho era a única fada na Terra do Nunca.

– Não sei, Smee. Não sou especialista em folclore de fadas. Lucinda diz que Sininho é das Terras das Fadas nos Muitos Reinos, mas que não se lembra disso. Ela diz que a memória retornará quando a fadinha estiver de novo em seu lar.

– Sei lá, senhor James. Acho que você deveria ter feito um trato com Circe. Pelo que me contou, não parece que Lucinda seja confiável. Além disso, Sininho parece gostar muito da Terra do Nunca e de Peter, então, será que é justo levá-la embora?

James não entendia de onde Smee tinha tirado isso tudo.

– Como você sabe tanto sobre a Terra do Nunca, Smee?

– Por você, é claro, senhor James. Você não falava de outra coisa quando era criança.

– Bem, ainda assim, Circe não tem o poder de me dar o que realmente quero, e a mãe dela tem, e esta é a última vez que discutimos sobre isso – ralhou James, não dando a Smee a oportunidade de fazer-lhe mais perguntas.

– Sim, senhor.

– Então, está resolvido – afirmou James, sorrindo. – Eu ia perguntar se você tem tudo de que precisa, mas parece que temos mais do que o suficiente. – James olhou para as pilhas de provisões que Smee reunira enquanto estavam nos Muitos Reinos. – Solicite quantos homens você precisar para ajudá-lo com os preparativos para a festa. Smee, eu quero que tudo esteja perfeito.

– Não se preocupe, senhor. Tenho tudo sob controle.

Eles tinham três dias até a grande festa, e James sabia que Smee faria tudo ao seu alcance para garantir que fosse um sucesso, mesmo que tivesse suas preocupações. A verdade era que James compartilhava delas. Ele não conseguia parar de pensar nas senhoras da Floresta dos Mortos. Continuava vendo o rosto de Circe e era consumido por um profundo sentimento de vergonha por traí-la, mas ela não podia lhe dar o que ele desejava de verdade – ela havia dito isso. Fazia sentido para ele que suas mães fossem mais poderosas e estivesse ao seu alcance conceder-lhe seu maior desejo. Mas as advertências de Circe sobre as mães continuavam vindo à sua mente, e ele temia ter cometido um erro terrível. O fato era que, quanto mais tempo ele ficava na Terra do Nunca, mais incerto se sentia a respeito de tudo. James desejou poder sentir o mesmo que sentiu quando seu navio estava descendo, quando ele não tinha nenhuma preocupação no mundo, mas agora o medo rastejava em seu coração – e ele tinha uma sensação profunda e permanente de que estivesse espreitando ali por muito mais tempo do que gostaria de admitir. Desde que colocara as fivelas das botas.

Será que Barba Negra estava certo? Será que James tinha medo de realizar seu sonho? O medo de realizar seu sonho por intermédio de Lucinda seria receio de que não atendesse às suas expectativas? As coisas certamente não saíram conforme ele gostaria até ali. Peter e os Garotos Perdidos não estavam nada felizes em vê-lo, e agora ele iria enganá-los para poder sequestrar Sininho.

Talvez Smee estivesse certo. Talvez ele não estivesse agindo da maneira certa, e o medo de como tudo poderia dar errado crescia dentro de si, fazendo seu coração tiquetaquear como um relógio.

Depois de ir ver os homens mais uma vez para se certificar de que não havia confusão quanto ao plano para a noite da festa, ele decidiu se distrair das preocupações explorando as áreas vizinhas ao redor da Rocha Caveira. Como a Terra do Nunca era composta de ilhas, James pegou um pequeno bote e se aventurou. Ele nunca esquecera como o lugar era belo ou a sensação que lhe dava quando estava lá. Todas as cidades tinham seu batimento cardíaco próprio, sua alma própria, mas isso era maior do que a diferença entre como alguém pode se sentir no campo em oposição à cidade – aquilo era outro mundo, e era como voltar para casa.

A Rocha Caveira ficava situada perto da Árvore do Enforcado, a entrada de onde viviam os Garotos Perdidos. James podia avistar a grande árvore morta de seu bote e se perguntou o que Peter e os Garotos Perdidos estariam fazendo no momento. Do outro lado da Rocha Caveira ficava a Lagoa das Sereias. Decidindo que era melhor ficar fora do caminho de Peter e dos Garotos Perdidos até a festa, ele resolveu que faria uma visita às sereias.

Era estranho para James estar de volta ao lugar que considerava seu lar e se sentir um estrangeiro, ter aquela sensação de não pertencimento, mas ele imaginava que tudo mudaria quando levasse Sininho de volta para os Muitos Reinos e Lucinda lhe concedesse seu último desejo. Embora já tivesse esperado uma vida inteira para tudo isso acontecer, mais três dias pareciam uma eternidade. Em três dias, ele conseguiria o que sempre quis, verdadeiramente. Conforme a embarcação deslizava para a Lagoa das Sereias, ele podia ouvir as vozes das sereias conversando entre si, seus tons cadenciados de pronto trazendo de volta as lembranças de visitá-las quando era um garotinho.

A Lagoa das Sereias era uma piscina de rocha quase oculta por completo, e as águas eram no tom azul-marinho. Quando James se aproximou, viu várias sereias em rochas fitando o céu noturno enquanto escutavam o barulho da cachoeira atrás delas iluminada pelo luar. Não podia acreditar que estava mesmo lá e que as lembranças do lugar haviam permanecido tão vívidas em sua imaginação por todos aqueles anos. Ele apenas ficou ali sentado em seu barco, observando-as, e absorvendo a beleza da lagoa, sentindo uma onda de felicidade em seu coração por estar no lugar que ele desejou estar por tantos anos.

– Sabemos que você está aí à espreita, James. Aproxime-se e venha dizer um olá – falou uma das sereias. Ela tinha longos cabelos escuros e olhos com características tão delicadas e fofas que lembrava a James um coelhinho.

– Boa noite para vocês, senhoritas. Por favor, perdoem-me por incomodá-las – pediu ele, sorrindo para as sereias. E, de repente, ocorreu a James naquele momento que a Terra do Nunca era real. Não entendia por que isso não lhe ocorrera antes; talvez fosse a emoção de enfim estar lá de novo e rever seus velhos amigos Peter e os Garotos Perdidos, mas a visão das sereias, algo naqueles seres quase mágicos que não faziam parte de seu próprio mundo, fez tudo parecer real. Ele não tinha percebido o quanto havia deixado seus pais fazerem-no duvidar de si mesmo ou de suas lembranças e, embora perseguisse com afinco seu sonho, percebeu que havia uma pequenina parte de si que se perguntava se não fora tudo obra de sua imaginação. Mas ele realmente estava lá. Estava na Terra do Nunca e não poderia estar mais feliz.

– Então, você encontrou o caminho de volta para a Terra do Nunca depois de todos esses anos – disse uma sereia com cabelos dourados e um sorriso travesso. Ela batia a cauda na piscina de rocha como um gato sacode o rabo quando agitado.

– Todos nos perguntávamos se você um dia retornaria. Mas acho que Peter estava certo, ele sabia que você encontraria a Terra do Nunca mais uma vez – comentou uma sereia ruiva, olhando-o desconfiada.

James não compreendia por que ninguém na Terra do Nunca parecia feliz em voltar a vê-lo. Embora apenas lampejos, suas lembranças de lá eram sempre boas, e ele começou a se perguntar se não era sobre sua impressão da Terra do Nunca que ele estava errado, mas lembrou a si mesmo que tudo ficaria melhor em três dias.

– O que quer dizer? – James apertou os olhos para ver qual das sereias havia dito isso. Estava escuro na lagoa, e a luz da lua agora era obscurecida pelas nuvens.

– Eu me lembro do seu choro lamentoso no dia em que foi reivindicado; foi terrível e feriu meus ouvidos. Tenho de admitir que fiquei feliz quando sua mãe enfim o encontrou.

– Mas seu choro não era nada se comparado ao de sua pobre mãe. Podíamos ouvi-la lá do Labirinto da Saudade, gritando seu nome sem parar – disse a sereia de cabelos escuros. – Eu me pergunto: estaria ela lá agora?

– Não seja boba. James não é um Garoto Perdido. Apenas as mães de Garotos Perdidos ficam presas no labirinto – esclareceu a sereia de cabelos dourados.

– Do que você está falando? – perguntou James. – Que labirinto é esse? – James não se lembrava de nenhum lugar assim e tinha certeza de que as sereias o estavam provocando.

– O que você está fazendo na Terra do Nunca, James? Não há nada para você aqui. Peter e os Garotos Perdidos não vão confiar em você; você é um adulto. Vir lá de Londres para cá parece uma viagem inútil – disse a sereia ruiva.

– Peter confia em mim. Somos velhos amigos. – James podia ver que as sereias não acreditavam nele, mas não podia culpá-las; ele mesmo não tinha certeza se acreditava nas próprias palavras. – E, se não confia, então tenho certeza de que o fará em breve. Vou provar que sou seu amigo.

As sereias riram.

– É isso que pensa estar fazendo aqui, James? Fazendo amigos?

James desejou ter ficado no navio. A cada encontro que tinha na Terra do Nunca, sentia-se mais sozinho, e a sereia estava certa – ele *estava* lá para fazer amigos, mas agora se achava um tolo por pensar que Peter ou alguém na Terra do Nunca o acolheria como tal. Passara sua vida sozinho, não tivera amigos enquanto crescia, exceto pelo sr. Smee; não tinha tempo para eles, e as poucas pessoas das quais tentou se aproximar não o compreendiam nem sua obsessão pela Terra do Nunca. Então, começava a se perguntar se havia desperdiçado a vida e perdido oportunidades porque todo o seu foco ao crescer era encontrar novamente a Terra do Nunca; agora ele era um adulto, e ninguém ali gostava dele. Era como se ele fosse o vilão de um conto de fadas, o temido pirata, e não era esse o papel que desejava ter na história. Ele queria falar com Circe, mesmo que significasse ter de enfrentar a decepção dela.

– Você não tem amigos aqui, James; não há regresso para casa. Você também pode ver se consegue encontrar o caminho de volta pelo labirinto. Se escutar com atenção, poderá ouvir todas as mães dos Garotos Perdidos chorando pelos filhos, procurando-os eternamente – disse a sereia de cabelos escuros. – Sua triste canção é carregada pelo vento até nossa lagoa.

– Onde fica esse lugar? – perguntou James.

– Você deveria se lembrar. Você vagou por lá. Foi assim que sua mãe o encontrou tantos anos atrás – disse a sereia travessa, rindo dele.

– Digam-me onde fica! – exigiu ele, a raiva crescendo. – Não brinquem comigo.

– Fica escondido, é claro. Peter não quer os outros Garotos Perdidos vagando por lá para que eles não sejam reivindicados também – disse a sereia de cabelos louros.

– Então, por que me deixaram entrar no labirinto? – indagou James.

– Essa é uma pergunta para Peter – afirmou a sereia com cara de coelhinho.

– Está mentindo! – vociferou James. – Peter não me mandou embora! – Ele deu meia-volta com seu bote para sair da lagoa.

– Acredite no que quiser, James. Mas, se você quiser descobrir a verdade, basta ouvir com atenção e seguir os sons das Desoladas que encontrará o labirinto.

– Conversa-fiada!

James podia ouvir os sons das risadas das sereias conforme remava, afastando-se da lagoa, e perguntou-se o que estava fazendo ali. Ele arriscara a vida para chegar à Terra do Nunca, e todos naquele lugar pareciam odiá-lo, não importa o que fizesse. *Tudo ficará bem em três dias*, continuou dizendo a si mesmo. *Tudo será como deveria ser.* Mas ele não conseguia parar de pensar nos avisos de Circe e estava começando a temer que ela estivesse certa.

Mais tarde naquela noite, James revirou-se na cama, imaginando se o que as sereias haviam dito era verdade. A ideia das mães dos Garotos Perdidos procurando incessantemente pelos filhos era um pensamento terrível. Ele nunca havia considerado como deveria ter sido para sua mãe naquela ocasião, tantos anos antes; só tinha pensado em si mesmo. Ele passara a vida ressentido pela mãe tê-lo reivindicado e agora não podia deixar de pensar nela sozinha em Londres, sofrendo pelo falecido marido e pelo filho, que a abandonara. E quanto às mães de Peter e dos Garotos Perdidos? Estariam elas também de luto por seus filhos perdidos? Será que havia se passado tanto tempo que elas eram meros espíritos presos para sempre no labirinto, procurando por seus filhos? A ideia causou um arrepio em James. Ele puxou os cobertores bem apertados sob o queixo e tentou banir esses pensamentos horríveis de sua cabeça e lembrar o que era importante:

Ele estava de volta à Terra do Nunca, finalmente, e logo teria o que de fato desejava. Amigos.

CAPÍTULO XIV

ESPELHOS E LOUCURA

Um grito aterrorizante ecoou pelos Muitos Reinos, e todos que o ouviram sabiam que Circe fora despertada por um pesadelo. A Floresta dos Mortos estava envolta em escuridão, exceto pelo brilho das flores douradas que iluminavam as lápides, as criptas e os anjos chorosos, à medida que as rainhas daquela terra suspiravam em desespero.

Circe acordou na Câmara dos Espelhos, receosa por James e pelo que poderia acontecer a ele na Terra do Nunca. No sonho, ela viu James sangrando e sozinho, o coração partido e consumido pela raiva, chamando por ela, que se arrependeu por não tentar com mais afinco mantê-lo na Floresta dos Mortos. Circe usava a paisagem onírica para dormir desde a quebra dos mundos. A única maneira que dispunha para descansar era usando um feitiço do sono; caso contrário, seria atormentada pelos eventos aterrorizantes com suas mães. Para aqueles familiarizados com as muitas histórias do Livro dos Contos de Fadas, esta era a mesma Câmara dos Espelhos em que Aurora dormiu sob o efeito da maldição do sono lançada pela mãe, Malévola. É para onde vão todos os que estão sob feitiço do sono, embora a maioria não se lembre de ter estado lá depois, o que é uma bênção – porque os que aprendem a manipular a magia dos espelhos muitas vezes veem coisas que gostariam de não ter visto. Imagine se Aurora se lembrasse do que lhe aconteceu na Câmara dos Sonhos. Os horrores e as verdades dos quais tomou conhecimento a assombrariam para sempre. Ainda nos perguntamos o que teria acontecido se Malévola não tivesse colocado tal maldição do sono na filha. Será que teria se transformado em um dragão, como a mãe, em seu aniversário de dezesseis anos e mergulhado as terras num inferno de chamas? Ainda lamentamos o que poderia ter acontecido com Aurora. Com toda a magia guardada bem no fundo dela, às vezes nos perguntamos o que aconteceria se decidíssemos despertá-la. Mas, ao contrário de Aurora e dos outros que vinham dormir na Câmara dos Espelhos, Circe se lembrava. Era a única maneira de deixar o corpo descansar, conforme a mente com frequência zumbia com magia.

A câmara era composta de inúmeros espelhos, todos eles janelas para outros mundos. Circe podia ver qualquer pessoa ou lugar que desejasse; bastava dizer o nome da pessoa.

– Mostre-me Lucinda.

Circe estremeceu quando viu o espelho rachar como um relâmpago, partindo em três a imagem da mãe, embora agora só tivesse uma mãe em vez de três. Um lembrete doloroso de que Ruby e Martha não estavam mais fisicamente com elas.

– Mãe! Por que está fazendo isso com James? – O rosto de Circe era feroz, e a voz, carregada de raiva. Ela odiava chamar a mãe no espelho, pois nos últimos tempos isso só lhe trazia dor.

– Você está assim tão perdida para se esquecer de como funciona o tempo nos mundos fora da Floresta dos Mortos? – indagou Lucinda. – O tempo é um conceito e, para entendê-lo, os mortais precisam vê-lo em linha reta, embora para nós todas as linhas do tempo estejam acontecendo ao mesmo tempo. Para James, a história dele veio antes da de Lady Tremaine, cuja história veio antes da de Cruella. De que outra forma o pai de Cruella teria encontrado os brincos e o Livro dos Contos de Fadas, e Lorde e Lady Tremaine encontrariam o broche?

– Já não se dá por satisfeita com tudo o que destruiu nos Muitos Reinos e agora tem também de atrair vítimas de terras distantes para fazer o mesmo com suas mentiras? Primeiro Cruella, depois Lady Tremaine e agora James. – Circe estava exausta e inconsolável porque, mesmo com a mãe trancada, ainda tentava desfazer o dano que causaram.

– Tentamos ajudar Lady Tremaine. Nós lhe demos o poder de proteger seu coração. Se não fosse pelo broche, ela teria sucumbido ao desespero e nunca teria tido coragem de se livrar daquele homem horrível – disse Lucinda.

Circe enxergava alguma verdade nisso. Embora a lógica estivesse distorcida, entendia por que sua mãe achava isso.

– *Tentarão* ajudá-la, você quer dizer – corrigiu Circe.

– *Tentamos*, *tentaremos*, é tudo a mesma coisa, Circe. Todo o tempo acontece simultaneamente; você, mais do que ninguém, sabe que é verdade, mesmo que pareça resistir a isso – falou Lucinda, zombando da filha. Circe sentia falta de como era quando estava no Lugar Intermediário com as mães. Ela havia se sacrificado para retorná-las à condição original, inteiras de novo. Partira o coração de sua prima Branca de Neve ao deixar o mundo dos vivos para salvar os Muitos Reinos, de modo que ela e todos que Circe amava pudessem viver, e ela enfim teve as mães de volta. Eram as mulheres que teriam sido se não tivessem dado a Circe as melhores partes de si mesmas para criá-la tantos anos antes. O período que passaram no Lugar Intermediário foi o mais feliz que guardava na memória, e ela desejava que aqueles dias com Lucinda, Ruby, Martha e a gata delas, Pflanze, durassem para sempre. Ela teria adorado passar a eternidade na antiga casa sentada à mesa da cozinha com a vista da macieira de Grimhilde na janela grande e redonda, rindo com as mães, por fim desfrutando de verdade de sua companhia, porque elas eram, enfim, as mulheres que deveriam ser, não os monstros deturpados que se tornaram depois de abrirem mão das partes boas de si mesmas. Mas não era o destino delas. Tudo deu terrivelmente errado, e agora não havia nada entre elas além de ressentimento e desgosto.

– Por que o Livro dos Contos de Fadas diz que a Circe que veio antes de mim era uma garotinha quando foi morta nas Terras das Fadas, quando ela era obviamente uma mulher adulta ao aparecer para Lady Tremaine no salão de baile?

– Você está vasculhando o Livro dos Contos de Fadas tentando encontrar uma forma de salvar James? Bem, não vai funcionar. E, quanto à Circe que veio antes de você, a resposta está em seu coração. Ela era uma bruxa extremamente talentosa e mais poderosa do que possa imaginar. Mas você tem muito medo de ver as histórias gravadas em sua alma e, portanto, a verdade lhe escapa.

– Ela era uma bruxa e muito parecida com você, Ruby e Martha: ardilosa, falsa e cruel – declarou Circe, sentindo-se envergonhada pelo fato de que a mulher de quem recebeu o nome era assim como suas mães.

– Circe era uma grande bruxa; não quero que fale mal dela. Circe nunca teria me traído como você fez – sibilou Lucinda.

– Mas ela traiu Lady Tremaine. Colocou um feitiço para nublar o julgamento dela, o que a levou a um casamento precipitado com aquele homem horrível. Ela teve leves indicações disso quando vocês a conduziam à sua ruína – afirmou Circe.

– Você está vivendo sua vida literalmente, então? Amarrada a uma só linha do tempo? – perguntou Lucinda, inclinando a cabeça para o lado com olhos arregalados e curiosos.

– Posso me manter em uma época se me concentrar bastante. Mas permiti a mim mesma ver as histórias de Lady Tremaine e Cruella porque senti que elas tinham uma conexão profunda com a de James. Se eu puder impedir James de fazer o que você deseja, talvez eu possa salvar Lady Tremaine e Cruella, assim como James. Mas todas essas histórias aconteceram antes da de Malévola, então, diga-me, por que está escrito que sua filha Circe era uma garotinha quando morreu nas Terras das Fadas?

– Acredito que a resposta seja óbvia. Ela lançou um feitiço em si mesma para parecer jovem. Se não tivesse feito isso, as fadas jamais teriam confiado nela – revelou Lucinda.

– Convenci a mim mesma todos esses anos de que sua irmã Circe era como eu, que você me criou à imagem dela, mas parece que ela era traiçoeira e cruel como você!

– Ela não é a vilã desta história, Circe, a Fada Madrinha e a Babá é quem são! Você viu a história dela! Lady Tremaine implorou-lhes por ajuda e elas a rejeitaram! – disse Lucinda, zombando da filha.

– Eu concordo e pretendo discutir isso com a Babá e a Fada Madrinha. Muitas vidas estão em jogo aqui, e James é a chave. Cruella poderia estar viajando pelo mundo agora; em vez disso, está trancafiada na Mansão Infernal revivendo o pesadelo que foi sua vida. E a pobre Lady Tremaine sofreu absurdamente; ela deveria ter ficado em Londres para viver a vida feliz, mas você enviou aquela bruxa perversa e manipuladora para trazê-la aqui, e agora ela está presa para sempre na antiga casa da Cinderela, imóvel eternamente, como um dos anjos chorando no meu jardim. Tudo se resume a James – disse Circe.

– O que você quer dizer com imóvel? – perguntou Lucinda, contorcendo-se de raiva.

– Pensei que você soubesse. A Fada Madrinha a transformou em uma estátua. Ela estava além da redenção. Abusava das filhas, que viviam aterrorizadas e sofriam constantemente nas mãos da mãe. Não havia alternativa – contou Circe.

– E você permite que suas preciosas fadas façam isso? Você, que defende que todos tenham uma fada madrinha? Você os colocaria nas mãos daqueles monstros? – questionou Lucinda.

– Como se atreve a colocar a culpa nas minhas costas?! Tudo ocorreu enquanto estávamos todas no Lugar Intermediário. Nada disso estaria acontecendo se não fosse por vocês.

– Tudo estava destinado a acontecer, Circe. É o que você não consegue entender. Estava escrito – afirmou Lucinda.

– Porque você escreveu! – acusou Circe.

– Por que você está me fazendo tais perguntas, Circe? Essas histórias estão gravadas na sua alma; por que tem medo de ver todos os tempos simultaneamente? Você pode ser a bruxa mais poderosa nestas terras, mas seu poder vem de mim, minha menina, e você ainda não compreende a verdadeira natureza do Livro dos Contos de Fadas. Mas em breve irá compreender. Cuide dos seus sonhos, Circe. O destino de James está selado.

CAPÍTULO XV

QUE COMAM BOLO

Fazia três dias que James e a tripulação desembarcaram na Terra do Nunca, e dois desde que as sereias o provocaram com mentiras e meias-verdades sobre Peter Pan e o Labirinto da Saudade. Ele não queria acreditar no que diziam sobre Peter – todo mundo sabia que as sereias da Terra do Nunca eram criaturas impetuosas e desagradáveis –, mas teve dificuldade em pensar em qualquer outra coisa nos dias que antecederam a festa dos Garotos Perdidos, porque agora, mais do que nunca, era imperativo que o plano de capturar Sininho e levá-la de volta para os Muitos Reinos funcionasse com perfeição. Só então ele poderia ser feliz de verdade. Só então Lucinda concederia seu desejo e, se o que as sereias haviam dito era verdade, seria preciso ter a magia dela ao seu lado. Seus sonhos foram povoados de imagens de mães fantasmagóricas envoltas em véus empurrando carrinhos de bebê vazios e chorando pelos filhos perdidos, procurando-os eternamente, presas dentro do labirinto, com os corações se partindo ao virarem cada esquina apenas para descobrir que seus filhos não estavam ali.

Se não fosse pela festa iminente e os preparativos, ele sentia que teria enlouquecido, com a mente repleta de clamores dolorosos das mães dos Garotos Perdidos, e o pensamento da própria mãe sofrendo pela perda de James e do pai. Smee fez o possível para manter a cabeça de James longe dos problemas, abordando-o por um motivo e outro enquanto se preparava para a festa, e James era grato por isso, mesmo quando ficou claro que Smee estava apenas tentando distraí-lo. Por mais que James sentisse falta de Barba Negra, estava feliz por ter Smee ao seu lado. Mas fora onde Smee sempre estivera, sempre o apoiando, desde que ele era um garotinho, como um pai. Sempre lá para fazê-lo rir, ouvir uma de suas histórias ou compartilhar algo interessante que ele havia lido, e James o amava por isso.

Com o passar dos dias, James sentia-se cada vez mais temeroso. Sua mente foi invadida pelas inúmeras formas pelas quais o plano poderia dar errado, e ele se preocupava que tivesse feito tudo de maneira equivocada. Não conseguia se lembrar de ter sentido tanto medo e decidiu ir para a cabine e se sentar em silêncio, a fim de tentar limpar a mente.

– Senhor James, não é de seu feitio preocupar-se tanto assim. – Smee estava parado à porta com uma xícara de chá. O vapor rodopiava da bebida como numa borbulhante poção de bruxa, trazendo-lhe à cabeça Circe, que não saía de seus pensamentos; ele temia que tudo o que ela havia dito fosse verdade. – Seus planos sempre funcionam, James. Você é a pessoa mais inteligente que conheço. Tenho certeza de que pensou em tudo, e as coisas vão correr exatamente como você gostaria.

James sabia que Smee estava apenas tentando fazê-lo se sentir melhor.

– Você disse que achava que era um plano ruim, e estou começando a pensar assim também. Não consigo explicar esse terrível sentimento de medo que está tomando conta de mim. É desgastante, sr. Smee; não sei o que fazer.

Smee franziu a testa.

– Tudo bem, senhor James, eis o que vamos fazer. Que tal eu deixar sua sobrecasaca apresentável e polir as botas e as fivelas? Vamos deixá-lo parecendo o pirata corajoso que você é. Venha, tire a casaca e descalce as botas, e, em seguida, tire uma boa soneca. – James se sentiu como se tivesse voltado a ser um garotinho recebendo ordens do sr. Smee, ouvindo que era hora da soneca. Muitas vezes, quando era pequeno, a enfermeira ou a babá apelavam para o sr. Smee porque ele era a única pessoa a quem James daria ouvidos, especialmente quando ele não estava disposto a tirar uma soneca ou fazer qualquer coisa, na verdade, que não quisesse. Mas James sentiu que precisava ser reconfortado, ser cuidado dessa maneira. – Você acabou de perder um grande amigo, James, e passou por tanta coisa em tão pouco de tempo... Descanse e deixe o sr. Smee cuidar de você.

James sorriu e tirou a sobrecasaca e as botas, como seu amigo havia pedido, e as entregou. Naquele momento, sentiu um peso tremendo sendo retirado dele. Sentiu como se pudesse respirar, e o medo começou a se dissipar aos poucos. Era como se todos os seus problemas e preocupações desaparecessem magicamente assim que as entregou, e percebeu quão tolo era ter se sentido de tal forma. Balançou a cabeça, perguntando-se se Barba Negra estava certo. Ele sempre sentiu que a casaca era a de um capitão, assim como as fivelas que lhe foram dadas por Barba Negra, e eram um símbolo de dever para com a sua tripulação e com o *Jolly Roger*. Será que tudo aquilo fazia parte de ser capitão, como Barba Negra havia dito? Qualquer que fosse o caso, tudo o que ele desejava naquele momento era dormir, como Smee sugeriu, e foi o que fez, até mais tarde naquela noite, algumas horas antes da festa.

James acordou com suas roupas estendidas sobre um grande baú de madeira. Smee havia limpado o redingote, engraxado as botas e polido as fivelas. Ele tinha até separado uma camisa branca limpa e afofado a pluma branca do chapéu. James colocou tudo, exceto as fivelas das botas, decidindo de última hora enfiá-las na gaveta da mesa junto ao espelho mágico de Lucinda. Felizmente, desta vez, quando a abriu, o rosto da mulher não o estava encarando de volta, mas ele fechou depressa a gaveta ainda assim, com medo de que ela pudesse aparecer. Ao olhar-se no espelho longo e embaçado ao lado do baú de madeira, gostou do que viu; sentiu que o cochilo era de fato o que precisava e agora estava pronto para a festa e para o que viria a seguir.

O *Jolly Roger* brilhava com intensidade contra o céu escuro, todos os lampiões acesos e reluzindo através das muitas janelas do navio, enquanto vaga-lumes dançavam ao som da música tocada por Mullins, Skylights e Jukes. Os homens estavam se divertindo a valer; James sentiu que mereciam um pouco de distração depois das provações com o Kraken e a perda de

Barba Negra. Gostou de ver os homens felizes e desfrutando do momento. Mal tivera tempo para realmente assimilar que aqueles eram sua tripulação e seu navio, já que tudo o que viera depois que ele deixou Barba Negra no Cemitério Flutuante acontecera tão rápido. Barba Negra estava certo quando disse que os homens fariam qualquer coisa por ele depois que salvara suas vidas ao derrotar o Kraken; parecia que o seguiriam até os confins da terra, se ele pedisse. Quando disse que estavam indo para a Terra do Nunca, James não ouviu nenhum protesto, e todos concordaram quando lhes contou sobre os planos para levar Sininho para os Muitos Reinos. É claro que, se tudo corresse conforme o planejado, os homens seguiriam seu próprio caminho assim que James entregasse Sininho para Lucinda e retornasse para a Terra do Nunca definitivamente. Ele não podia esperar que a tripulação quisesse ficar ali com ele para sempre. É claro que seriam bem-vindos, se fosse o caso, mas ele não via isso como factível. Os homens ficavam mais felizes quando estavam envolvidos em alguma aventura ou missão e, naquele momento, a missão era fingir que eram piratas amigáveis dando uma festa para os novos amigos, os Garotos Perdidos, e pelo jeito James sentia que o ardil deles funcionaria.

James sorriu, olhando para o grupo de homens tocando uma música alegre enquanto os outros dançavam. Ele podia ver as sereias ao longe, empoleiradas em rochas. Não havia as convidado nem estava feliz em vê-las, mas pelo menos estavam na delas.

Smee havia se superado preparando o banquete para os Garotos Perdidos: frangos assados, pães fatiados em abundância, peças de queijo, sidra de maçã fermentada, biscoitos de chocolate, bolinhos, massas folhadas recheadas com um delicioso creme doce, maçãs assadas com calda de caramelo, frutas cobertas de chocolate, biscoitos amanteigados, tigelas de chantili, coalhada de limão e, claro, havia o enorme bolo de chocolate, embora ainda estivesse na cozinha aguardando a entrada triunfal quando a festa estivesse a todo vapor.

Conforme James solicitou, Smee colocara o relógio de ferro das Irmãs Esquisitas no centro da mesa, para que James pudesse acompanhar em quanto tempo a poção para dormir faria efeito. Tudo estava saindo de acordo com o planejado, exceto pelas sereias. James lamentou tê-las visitado, mas, por fim, conseguira banir as terríveis imagens que conjuraram em sua mente. Sentia--se ele mesmo de novo, corajoso e capaz de resolver qualquer parada, não importava o perigo que representasse, assim como havia feito com o Kraken e o *Holandês Voador*. Ele soltou uma risada ao ver Peter Pan voando sobre as sereias, dando cambalhotas no ar e fazendo-as desfalecerem. Contudo, não pôde deixar de sentir inveja do velho amigo Peter, que sempre fez amigos com facilidade. Era um talento que James desejava possuir, em especial agora que estava na Terra do Nunca.

Naquele momento, Peter pousou no convés ao lado de James, deu uma olhada ao redor e pareceu contente com o que viu.

– Olá, pirata! – Peter o estava olhando de cima a baixo. – Gosto da sua casaca. Combina perfeitamente com você.

– Bem-vindo, Peter. Estou tão feliz que decidiu vir. Onde estão os outros Garotos Perdidos e Sininho? Smee fez um grande banquete para todos vocês.

– Você está feliz, James? Tenho conversado com as sereias. Elas dizem que você não está feliz. – Peter examinava James e o navio com desconfiança.

– Você sabe como as sereias podem ser. Elas estavam apenas provocando, tenho certeza, e receio que tenha permitido que me aborrecessem. Afinal, foi uma longa viagem até aqui. – James sorriu para Peter. Algumas das lembranças dele sobre Peter e o tempo na Terra do Nunca quando menino estavam como que envoltas por uma névoa espessa. Agora que ele estava em casa de novo, parecia que algumas das recordações ressurgiam de forma mais vívida. Uma das coisas de que se lembrava era se sentir à vontade na Terra do Nunca, e ele estava tão feliz por retornar.

– Você parece bem à vontade, pirata – disse Peter, sorrindo. – Parece mesmo feliz por estar aqui, mais do que qualquer adulto que conheci, em todo caso. – E, então, colocando os dedos na boca, ele assobiou alto e gritou: – Vamos lá, Garotos Perdidos, não é uma armadilha! – E, em instantes, os Garotos Perdidos se juntaram a James e Peter no convés do navio. James se sentia tão feliz por estar cercado por seus velhos amigos! Seu coração explodiu de alegria com o som das risadas e a expressão empolgada em seus rostos. Era assim que ele esperava se sentir no dia em que chegou. Fora por isso que passara a vida tentando reencontrar a Terra do Nunca, para estar com os amigos.

– Claro que não é uma armadilha, caro amigo – declarou James, rindo e se sentindo culpado por ser exatamente isso. Ele não tinha mais medo de que o plano não funcionasse, mas sentia pena de estar prestes a traí-los.

– Você se lembra dos Garotos Perdidos – falou Peter, e, antes que James pudesse dizer olá, os pequenos desordeiros invadiram as mesas do banquete, bagunçando tudo.

– Onde está o bolo? Prometeram bolo de chocolate para nós! – exclamou Raposo, vasculhando a mesa com Ursinho e Cangambá, jogando os frangos de um lado para o outro, fazendo Smee correr logo atrás limpando a bagunça. James não pôde deixar de rir ao ver Smee pegando os frangos enquanto eram lançados no ar.

– Os adultos sempre mentem! Sabíamos que não haveria bolo! – afirmou Coelho, agitando todos os Garotos Perdidos, que agora cercavam James com caras raivosas.

– Sim, vamos embora! Não há bolo! – disseram os Gêmeos Guaxinim, batendo os pés com os punhos cerrados. – Viemos aqui pelo bolo!

– Acalmem-se, rapazes, acalmem-se – falou James, rindo. – Smee! Acho que é hora de trazer o bolo! – gritou ele, floreando seu casaco de pirata como se estivesse no palco, e não a bordo de um navio.

Smee correu para a cozinha e, em poucos instantes, surgiu trazendo um bolo de chocolate gigantesco, ainda maior do que o que James havia comprado na Padaria Tiddlebottom e Butterpants para as Irmãs Esquisitas. Estava coberto de glacê de chocolate, e, no topo, havia uma grande réplica do *Jolly Roger* esculpida em chocolate. Smee até conseguiu incluir a bandeira de caveira e ossos cruzados. Era uma maravilha. Os Garotos Perdidos quase derrubaram Smee enquanto cercavam o bolo, fazendo-o girar como um dervixe antes de se endireitar.

– Cavalheiros, por favor! – gritou Smee ao tentar lhes entregar os pratos, mas os Garotos Perdidos não precisavam deles, pois pegavam os pedaços de bolo e, enfiando-os na boca avidamente, davam grandes mordidas no *Jolly Roger* de chocolate, lambuzavam as mãos e os rostos. James estava tão feliz em ver os amigos se divertindo tanto... Ele apenas ficou ali rindo, desfrutando da cena, sentindo que estava um passo mais perto de fazer amizade com Peter e os Garotos Perdidos outra vez. Smee logo cortou duas fatias de bolo, colocou-as em pratos e as levou para Peter e James.

– Prontinho, senhores – disse ele, entregando-lhes as fatias.

– O que você tem? Por que você parece tão nervoso? – perguntou Peter, olhando Smee desconfiado.

– Não é nada, jovem senhor, é apenas... – falou ele, olhando ao redor ansiosamente. – É só que um crocodilo está rodeando o navio... Sim, um crocodilo, e eu odiaria que qualquer um de nossos espirituosos amigos caísse na água.

James sabia que não era isso que estava deixando Smee ansioso, e ele não era muito bom em mentir, mas Peter não pareceu notar. O fato era que James estava se divertindo tanto com os amigos que quase havia esquecido que o bolo estava misturado com uma poção para dormir, e em instantes teriam que agir rápido, a fim de capturar Sininho e levá-la para os Muitos Reinos.

– Ah, você não precisa se preocupar. A lagoa dele fica perto; ele só veio ouvir música – explicou Peter, comendo seu bolo.

– Sim, obrigado, Smee, tenho certeza de que os Garotos Perdidos estão bem familiarizados com todas as criaturas que vivem aqui, não se incomode – disse James, perguntando-se onde estaria Sininho. Ele não tinha planejado servir o bolo até depois que ela chegasse, mas, no ritmo que os Garotos Perdidos estavam devorando a sobremesa, todos estariam dormindo antes mesmo de ela chegar. Então, é claro que a fada perceberia a armadilha. – Onde está sua amiga fada? – perguntou a Peter, que respondeu com a boca cheia de chocolate.

– Ela está lá, com as sereias – respondeu Peter, e James viu a luz brilhante se aproximar quando cantavam a música que os homens estavam tocando no *Jolly Roger*. Mullins, Jukes, Damien Salgado e os outros pareciam estar se divertindo muito também, e se perguntou se, assim como ele próprio, a tripulação havia esquecido o pérfido plano.

– Ela é muito bem-vinda para se juntar a nós, assim como as sereias – disse James.

– Sereias não comem bolo – afirmou Peter, rindo.

– Claro que não, que tolice a minha. Há algo que eu possa oferecer a elas? Algo mais a seu gosto? Sei, no entanto, que as fadas adoram doces. Talvez possamos tentar Sininho com alguns dos *petit fours*; eles são do tamanho dela. – James notou que os olhos de Peter estavam ficando pesados. Logo ele e os Garotos Perdidos estariam dormindo, e seria preciso agir rápido. Ele não queria arruinar a boa vontade que havia criado naquela noite com seus amigos e desejou mais do que nunca poder fazer aquilo de outra maneira.

– Ah, sim, ela adora bolinhos. Você tem de limão? É o favorito dela! – Peter perguntou, e chamou Sininho.

– Sininho! Sininho! Eles têm bolinhos! – exclamou e então assobiou para que Sininho voasse até eles. James deu uma piscadela para Smee, o sinal para borrifar um pouco do sonífero no bolo de Sininho antes de trazê-lo para ela. A fada estava luminescente e mal-humorada como sempre. Ela era uma coisinha tão pequena, pequena o suficiente para caber na palma da mão, e insolente o suficiente para encontrar a saída.

– Olá, Sininho, o Smee aqui estará de volta já, já com seus bolinhos – disse James, sorrindo para a fada. – Estou tão feliz em vê-la, em ver todos vocês de verdade. Minhas lembranças de estar aqui quando era pequeno são nebulosas, então, estou ansioso para conhecê-los novamente. Tenho lido sobre vocês há anos e devo confessar que sinto que somos todos bons amigos. – Sininho apenas o fulminou com os olhos, com a mão no quadril, e ele teve de se perguntar se ela o pressentia tramando algo. James sabia que ela não achava que ele pudesse ser confiável, e ele supôs que ela tinha razão – afinal de contas, ele estava planejando sequestrá-la –, mas, ao mesmo tempo, não podia deixar de se sentir magoado por ela pensar isso quando ele não fizera nada (quer dizer, que ela soubesse) para que houvesse a desconfiança.

– Peter, sempre me perguntei, por que não há Garotas Perdidas na Terra do Nunca, apenas Garotos Perdidos? – indagou James.

– Porque as meninas são muito espertas para se permitirem cair dos carrinhos – respondeu Peter, rindo.

Sininho ainda olhava feio para James. Doía-lhe que ela não confiasse nele, e ele pensou que talvez fosse melhor mesmo levá-la para os Muitos Reinos, afinal. Não a queria no caminho de sua amizade com Peter.

– Ah, olhe, aí está Smee com os bolos de Sininho – falou James, enquanto Smee colocava o pratinho na mesa. Mesmo que os bolos fossem pequenos para um ser humano, um deles era mais do que suficiente para a pequena fada artesã, mas Smee havia empilhado no prato vários bolinhos coloridos, e James podia ver que os polvilhara com o sonífero misturado com açúcar de confeiteiro, assim ela e Peter não perceberiam.

– E o que devemos enviar para suas amigas sereias? Existe alguma coisa com que eu possa tentá-las? – perguntou, olhando de soslaio para as sereias. Ele não achara que as sereias viriam. Tinha que pensar em uma forma de colocá-las para dormir, caso contrário, elas o veriam voando no *Jolly Roger* com Sininho, Peter e os Garotos Perdidos.

Sininho cheirou seu bolo, torceu o nariz e bateu o pé, fazendo com que o pó de fada explodisse de seus pezinhos, e apontou o dedo para Smee com raiva.

– Os bolos são muito bons, minha querida, garanto a você – afirmou James, mas dava para ver que Sininho já descobrira o que ele fizera. Ela estava com as mãos nos quadris e o encarava com fúria.

– Posso pedir a Smee que traga outra coisa para você? – perguntou, mas era tarde demais – Peter e os Garotos Perdidos estavam todos dormindo em pé, balançando de um lado para o outro. Sininho esvoaçava agitada, tentando acordar Peter antes que ele e os outros Garotos Perdidos caíssem no convés com um grande baque.

Ela voou para cada um dos meninos tentando acordá-los, mas todos dormiam profundamente.

– Fada maldita! – disse James, chamando Murphy, que agora estava no cesto da gávea, esperando para jogar uma rede ao seu sinal. A rede caiu em cascata, capturando Sininho. Ela se debateu, tentando nervosamente sair da armadilha, mas a rede era muito pesada para a pequena fada. James ainda não sabia o que fazer com as sereias, mas não havia tempo. Ele teria de inventar uma história para explicar por que deixara a Terra do Nunca com tanta pressa com todos a bordo.

Os homens pararam com a música e a diversão, posicionando-se em seus postos conforme o planejado. Mas James ordenou que continuassem tocando, para que as sereias não percebessem que algo estava errado. Ele olhou para o relógio de ferro, anotando a hora. Precisava garantir que não perderiam muito tempo antes de embarcar para os Muitos Reinos, para ter certeza de que Peter e os Garotos Perdidos permaneceriam dormindo durante a viagem de ida e volta. E, com a ajuda do pó mágico de Sininho, chegariam lá com rapidez.

Mas então aconteceu algo que ele não esperava: o crocodilo que chamara a atenção de Smee havia se juntado a vários de seus irmãos, e eles rodeavam o navio. O crocodilo parecia ter olhos apenas para James, que, naquele momento, soube que tudo daria errado.

Em instantes, tudo virou um caos. Ele não tinha certeza de como aconteceu de fato; havia um turbilhão frenético ao seu redor e, antes que percebesse, as sereias, que estavam curiosas sobre o comportamento dos crocodilos, nadaram para perto para ver o que estava acontecendo. Quando souberam o que James e sua tripulação estavam fazendo, elas se juntaram aos crocodilos e cercaram o navio, empurrando-o e fazendo-o balançar para a frente e para trás. James cambaleou, perdendo o equilíbrio várias vezes, enquanto passava por Peter e os Garotos Perdidos, que ainda dormiam profundamente. Ele enfim alcançou Sininho, que ainda se debatia debaixo da armadilha. Tirou a faca da bota, rasgou a rede e alcançou a fadinha, que o mordeu com força na mão.

– Ai, sua maldita… – Mas então os dois caíram em direção à outra extremidade do navio, conforme as sereias e os crocodilos o balançavam com tanta força que James quase caiu no oceano com Sininho apertada em sua mão. As mesas do banquete passaram deslizando por ele, despejando a comida no oceano. Com a mão que não segurava Sininho, ele cravou a faca no convés e se segurou para não cair no mar.

– Skylights, Mullins e Smee, protejam os Garotos Perdidos e não os deixem cair no mar! – gritou James. Ele procurou Peter com urgência, mas não conseguiu encontrá-lo. – Acho que Peter está no mar, alguém o encontre! – gritou James, enquanto o navio voltava para sua posição correta.

Sininho se debatia na mão de James; ele estava com medo de a estar apertando com muita força, mas não conseguia encontrar uma jarra, um recipiente ou qualquer outra coisa para colocá-la, a fim de impedi-la de voar. Ele se sentiu estúpido por não ter pensado nisso. Ela continuava mordendo sua mão sem parar, fazendo-o sacudi-la furiosamente, o pó mágico de pirlimpimpim agora se espalhando por todo o convés do navio, fazendo-o subir no ar. Tudo acontecia mais rápido do que ele havia planejado. Ele não estava pronto para levar o navio para os Muitos Reinos; não poderia partir até saber que Peter e os outros Garotos Perdidos estavam bem; e o que faria com as sereias quando voltasse?

– Smee, todos estão contabilizados? – perguntou James, conforme o navio saía da água. Tudo vinha dando terrivelmente errado, mas ele estava determinado a conseguir.

– Todos estão contabilizados, exceto Peter; as sereias estão procurando por ele agora – disse Smee. – Senhor! O que você está fazendo? – O navio navegou mais alto no ar. – E Peter? – Smee indagou, olhando pela amurada.

James correu para o lado dele, para ver se conseguia localizar Peter lá embaixo.

– Eu não estou fazendo isso, Smee. É o pó mágico. Acho que está nos levando de volta aos Muitos Reinos.

– Bem, faça isso parar, senhor! – exclamou Smee, apertando os olhos para ver o que estava acontecendo no mar. – Não podemos partir sem saber se Peter está bem. E o que faremos com as sereias? Elas são obrigadas a contar a Peter o que fizemos.

– Elas não vão precisar! – disse uma voz lá do alto. James se virou para ver Peter voando em sua direção em grande velocidade, a espada apontando para o pirata. James nunca tinha visto Peter tão sério e tão feroz. Isso o pegou desprevenido, dando-lhe uma sensação muito inquietante.

– É melhor você soltá-la ou corto a sua cabeça! – ameaçou Peter quando aterrissou no convés do navio, com a espada erguida e o rosto gravemente sério. – Sininho! Sininho! Você está bem? – ele gritou. Ela respondeu dando outra mordida na mão de James.

– Ai! – disse ele, soltando-a, mas ela não foi rápida o bastante; James conseguiu pegá-la no ar outra vez. Ele a sentia se debatendo em sua mão enquanto se defendia do ataque de Peter com a outra, perguntando-se o que estava fazendo. Tudo tinha dado terrivelmente errado. Não era isso que pretendia. Havia arruinado tudo; ele via isso nos olhos de Peter. Queria tanto ser seu amigo – o melhor dos amigos –, mas James agora era seu inimigo.

– Peter, não precisamos ser inimigos. Não é assim que deve ser. Tudo que eu queria... – Mas as demais palavras não chegaram a ser pronunciadas, só podia pensar na dor. Ela disparou de sua mão para o restante do corpo como um relâmpago. Era uma dor ofuscante e abrangente, tão avassaladora que pensou estar prestes a desmaiar.

Ele nem tinha certeza do que havia acontecido até que viu a mão decepada tombando pelo ar ao lado dele, ainda segurando Sininho enquanto eles caíam em direção à água lá embaixo. Nada daquilo parecia real. Nada parecia real desde que ele salvara Barba Negra do Kraken, e se perguntou, como tinha feito várias vezes desde então, se tudo aquilo era um sonho. Ele desejou de todo coração que fosse. Se ao menos estivesse dormindo profundamente na Floresta dos Mortos, sonhando com o destino que evitara na Terra do Nunca, ou mesmo de volta ao lar com sua mãe. Ele desejava estar em qualquer outro lugar que não aquele em que estava agora.

O tempo pareceu desacelerar quando James viu que estava se aproximando da água, onde os crocodilos o aguardavam, e desejou em silêncio que, quando morresse, pudesse de alguma forma se juntar a Barba Negra no Cemitério Flutuante, mas, justo antes de James atingir a água o *Jolly Roger* apareceu do nada, desceu e pegou James antes que ele caísse para os crocodilos lá embaixo. A mão de James não teve tanta sorte.

– Sininho! – gritou Peter, mergulhando na água atrás de um crocodilo que lambia os beiços. E James se perguntou se a fera havia comido a fada com a mão.

Isso foi a última coisa que James viu antes de tudo ficar escuro.

CAPÍTULO XVI

O LABIRINTO DA SAUDADE

James acordou vários dias depois e descobriu duas coisas: um gancho em sua mesa de cabeceira e que ele era inimigo de Peter Pan. Ele não queria nenhuma das duas. Smee conseguiu levá-los a uma parte secreta da ilha em que nenhum dos Garotos Perdidos ousaria entrar: o Labirinto da Saudade. E isso trouxe um pungente pavor ao coração já ferido e temeroso de James.

– Finalmente acordou, senhor – disse Smee, sentado ao lado de sua cama. Seu rosto cheio de preocupação, os olhos cansados e as pálpebras pesadas pela falta de sono.

– Tire daqui esta coisa horrível, Smee. Não quero olhar para isso – ordenou James, abominando o gancho na mesa de cabeceira.

– Claro, senhor – disse Smee, guardando-o na gaveta. – Você não poderá usá-lo durante algum tempo, não até que esteja sarado, mas Jukes trabalhou duro para confeccioná-lo para você.

– Agradeça a ele por mim – disse James com um sorriso cansado.

– Os homens ficarão tão aliviados em saber que está bem. Devo preparar-lhe algo para comer antes de sair e falar à tripulação?

Separei e estendi suas roupas, para que fique apresentável quando se dirigir a todos. Sei que os homens vão querer algumas palavras de encorajamento do capitão agora que você está de pé – declarou Smee.

– Sim, gostaria muito disso. Obrigado. Ah, e Smee, Sininho sobreviveu?

Smee sorriu.

– Sim, acredito que tenha sobrevivido, senhor.

Depois que Smee deixou os aposentos do capitão, James tirou seu camisolão e pôs seus trajes de pirata. Smee conseguira limpar o sangue do punho da camisa e da sobrecasaca, e até dera um jeito de salvar o chapéu, com a pluma ainda intacta. Depois de se vestir, James foi até a mesa, onde guardara o espelho mágico de Lucinda e as fivelas. Abriu a gaveta, tirou as fivelas que Barba Negra lhe dera e as prendeu nas botas pretas. Talvez se as estivesse usando quando tentou sequestrar Sininho, ele não teria perdido a mão nem os amigos. Bem, ele não iria se separar de nenhum de seus outros amigos de novo. Honraria a memória de Barba Negra usando as fivelas que ele lhe dera e sempre teria Smee ao seu lado. Teria isso, pelo menos.

Ele não ficou surpreso ao ver o rosto de Lucinda já refletido no espelho no interior da gaveta e sentiu uma onda de medo apoderar-se dele quando viu os olhos cruéis e astutos encarando-o.

– Olá, James.

– Tudo não poderia ter dado mais errado. Não consegui capturar Sininho.

– Eu diria que deu tudo certo. – Lucinda ria e não parecia nem um pouco surpresa ao saber da notícia.

– Perdi minha mão para Peter tentando capturar Sininho para você. E agora Peter e os Garotos Perdidos sabem o que eu estava tramando. Não sei como vou fazer para capturá-la de novo. – James sentiu o peso esmagador do fracasso como uma âncora arrastando-o para o fundo do mar.

– Nós sabemos tudo, James. Sabemos sobre sua mão e o crocodilo, e sabemos que Peter e os Garotos Perdidos odeiam você. Está tudo escrito no Livro dos Contos de Fadas. Está acontecendo como estava destinado a acontecer – declarou Lucinda, seu rosto se contorcendo e deturpando. Ela parecia estar tentando banir uma pessoa invisível, afastando-a com as mãos. James estava exausto e não tinha paciência para lidar com a loucura de Lucinda. Tudo o que queria fazer naquele momento era morrer.

– E agora aquele crocodilo tomou gosto pelo seu sangue – falou uma voz no espelho, que não era de Lucinda. Era estranho ouvir uma voz que soava exatamente como a dela, mas que não saía de seus lábios. Ele estava preso em um pesadelo com aquelas mulheres enlouquecedoras, incapaz de fugir.

– Quem é esta? Quem está falando? O que você quer dizer quando fala que ele tomou gosto pelo meu sangue? – perguntou, baixando os olhos outra vez para seu braço. Ele podia sentir o medo e o pânico dentro de si intensificando-se cada vez mais.

– Pelo menos você ouvirá a fera quando ela estiver vindo. Sua mão não foi a única coisa que o crocodilo devorou naquela noite. O nosso relógio está tiquetaqueando por aí na barriga do animal – disse outra voz, que não era a de Lucinda, no espelho.

– Então, você nunca teve a intenção de me conceder o meu maior desejo, não é? – ele perguntou, olhando mais uma vez para seu braço. – Circe me advertiu que eu sofreria enormes perdas, caso viesse para cá. Eu deveria ter lhe dado ouvidos.

– Sim, James, você deveria ter dados ouvidos a Circe; ela está vinculada à verdade. Eu não – revelou Lucinda.

– Então, estou preso aqui para sempre. E foi tudo em vão.

– Não, James, você nos ajudou muito. Sem você, nunca teríamos conseguido levar o broche, os brincos e o livro para Londres. Quando Barba Negra nos traiu, ficando com nossos tesouros, sabíamos que era você quem poderia nos ajudar a estender nosso alcance ao mundo mortal – contou Lucinda, e sua risada foi acompanhada no espelho por outras. James sabia que deviam ser suas irmãs, as Irmãs Esquisitas das quais ele tinha ouvido falar em tantas ocasiões.

– Pelo menos, você cumpriu uma promessa a Barba Negra e encontrou seu nome de pirata, *Capitão Gancho* – disse Lucinda, sua risada vil e repleta de desprezo.

Ele bateu o punho na madeira repetidas vezes, o som das gargalhadas das Irmãs Esquisitas ficando mais alto, fazendo sua cabeça girar.

– Eu gostaria de falar com Circe – falou, baixando a cabeça em desespero. – Eu gostaria de dizer que sinto muito por traí-la. Queria que ela estivesse aqui agora – lamentou, lágrimas escorrendo pelo rosto.

– Estou aqui, James – disse a voz familiar. James ergueu a vista e viu o rosto de Circe no espelho. Ela parecia etérea e adorável, e tomada por uma tremenda tristeza.

– Circe? Você está com suas mães? Você também me traiu?

– Não, James. Você deve ter pedido ao espelho para me ver – explicou Circe. – Eu o adverti para não confiar em minhas mães.

James podia ver que ela estava verdadeiramente triste por ele.

– Ah, Circe, como irei voltar para casa? Tudo deu tão errado, não era assim que deveria acontecer – disse James.

– Era de fato o que *deveria* acontecer, de acordo com minhas mães. Eu gostaria que você tivesse aproveitado a oportunidade que lhe dei para mudar isso, James. Eu lhe disse que não havia nada além de perda e desolação para você na Terra do Nunca, mas você escolheu esse destino assim mesmo. Escolheu acreditar nas minhas mães, e realmente sinto muito pelo seu destino. – Ela parecia querer estender sua mão através do espelho e confortá-lo, e James desejou de todo coração que ela pudesse fazê-lo.

– Elas prometeram que me tornariam jovem de novo, Circe, que me tornariam um Garoto Perdido. Eu tinha de tentar. Você sabe que era o meu maior desejo.

– Minhas mães mentiram, James. A única pessoa que poderia conceder isso a você é Peter – revelou Circe.

– Peter? Por que você não me contou? Eu poderia apenas ter pedido isso a ele? Tudo o que sempre quis foi ser amigo de Peter – disse James.

– Não consegui partir seu coração. Peter nunca quis que você fosse um Garoto Perdido. Foi ele quem assegurou que você fosse reivindicado tantos anos atrás, razão pela qual você foi enviado para longe da Terra do Nunca. Ah, como eu gostaria que você tivesse vindo até mim para efetuarmos a troca, como prometeu. Com meu feitiço, você poderia ter conduzido seu navio para qualquer lugar que desejasse. Eu esperava que, uma vez que chegasse à Terra do Nunca, percebesse que não havia uma vida para você lá e retornasse para a Floresta dos Mortos, para viver conosco. Eu queria tanto mudar não apenas o seu destino, mas o destino de tantos outros, porém parece que falhei mais uma vez. – Circe estava angustiada, e James podia ver que ela se sentia impotente diante da tristeza.

– Você não pode enfeitiçar o meu navio agora, levá-lo de volta para lá ou para Londres? – perguntou.

– Quem me dera poder fazê-lo. Sua única esperança de retornar é usar o pó de pirlimpimpim de Sininho.

– Suas mães queriam mesmo Sininho ou isso também era mentira?

– Elas sabiam que Peter faria qualquer coisa para protegê-la e prometeram a Peter um inimigo. E agora ele tem um. Você.

– Então, estou preso aqui, para sempre, exatamente como eu desejava. Suas mães vão achar isso divertido – soltou ele, com um sorriso de escárnio.

– Sim, atrevo-me a dizer que vão – ela disse enquanto seus olhos se desviavam para a esquerda, como se estivesse tentando ouvir alguma coisa. James podia ouvir também. – Que som é esse? – perguntou Circe.

– Estamos perto do Labirinto da Saudade. O que você ouve são as mães desoladas procurando sem cessar por seus filhos perdidos – explicou James, lembrando-se da história que as sereias lhe contaram.

– E o que acontece se essas mães encontrarem seus filhos? – quis saber Circe.

– Elas os levam para casa – disse James, uma ideia lhe ocorrendo.

– Não, James, espere – disse Circe, lendo sua mente. – Há algo que você precisa saber, algo que eu deveria ter dito a você quando esteve aqui... – Mas, antes que ela pudesse prosseguir, James fechou a gaveta e decidiu o que tinha que fazer.

O labirinto era um lugar sombrio encoberto pela névoa, com mulheres fantasmagóricas vestidas de preto empurrando carrinhos de bebê vazios. Toda vez que James passava por uma das mães, ela o encarava com esperança nos olhos, para logo ficar desapontada por não ter encontrado seu filho. James então sentiu que compreendia como o labirinto funcionava. As mulheres fantasmagóricas eram as personificações do sofrimento das mães. Imagine a dor de alguém se avolumando de tal forma que precise viver fora do corpo, tornando-se uma entidade própria, vagando pelas brumas, procurando a única coisa que irá consertar seu coração partido. Ele não sabia ao certo como os espíritos enlutados haviam chegado ao labirinto, mas imaginou que deveriam ter sido atraídos pela presença dos filhos, e, se uma dessas mães fantasmagóricas encontrasse o filho no labirinto, de algum modo ela era capaz de levá-lo de volta para casa, como sua própria mãe havia feito com ele tantos anos antes. Ele duvidava que a mãe se lembrasse de que tal fato havia acontecido e atribuiu aquilo à magia da Terra do Nunca. Não havia outra explicação.

Ele vasculhou o labirinto por horas, chamando pela mãe repetidas vezes, esperando que ela o encontrasse também desta vez, sua voz ficando rouca e seu coração perdendo a esperança. Ele estava exausto e com frio, e, de algum jeito, seu ferimento reabrira, sangrando com intensidade, mas ele não se importou – decidira que aquele seria o lugar onde morreria. Ele caiu no chão, chorando de desespero, e chamou Circe, mas ela não conseguia ouvi-lo. Ele não portava o espelho mágico. Morreria sozinho.

E, então, James o viu, Peter Pan, escoltando um garotinho até o labirinto.

– Sim, apenas vá naquela direção, sua mãe vai encontrá-lo – dizia Peter, bagunçando os cabelos do menino antes de ele sair correndo para dentro do labirinto, parecendo contente por estar voltando para casa. James ouviu o feliz reencontro de mãe e filho na névoa distante, e isso penetrou em seu coração com um pequeno vislumbre de esperança de que ainda pudesse encontrar a sua própria.

– Estou surpreso em vê-lo no labirinto, Peter – falou James, pegando o garoto de surpresa. – Você não tem medo de ser reivindicado?

Peter apenas sorriu com seu jeito travesso e balançou a cabeça.

– A minha mãe não está aqui, nem a sua, James. O tempo de vida de ambas já se esgotou há muito tempo – revelou.

E James se lembrou de que o tempo funcionava de maneira diferente em outros mundos. Ele já vivia na Terra do Nunca há tanto tempo a essa altura que sua mãe estava morta.

– Então, estou mesmo sozinho – afirmou James.

– Você não está sozinho; tem o sr. Smee e seu bando de piratas.

Mas isso não serviu de consolo e o fez se sentir pior, sabendo que havia condenado seu amigo Smee a ficar preso na Terra do Nunca.

– Por que você não queria que eu fosse um Garoto Perdido, Peter? Por que eu não era bom o bastante? – James quis saber.

– Porque o que nós precisávamos era de um pirata. Alguém para tornar nossas aventuras mais emocionantes, aumentar os riscos, e agora temos isso – esclareceu Peter, e se ergueu no ar como se estivesse flutuando em sua própria risada.

– Como você poderia saber naquela época que eu me tornaria um pirata se você me rejeitasse? – Mas James tinha certeza de que já sabia a resposta.

– Conheci as Irmãs Esquisitas muito tempo atrás em uma de minhas aventuras além dos mundos. Eu dei a elas um pouco do pó de pirlimpimpim de Sininho em troca da minha sombra, e foi aí que fiquei sabendo sobre você e como tudo o que está destinado a acontecer já está escrito, então, quem sou eu para ir contra os contos de fadas?

James queria berrar. Queria se enfurecer, mutilar e matar. Queria ser tudo o que um pirata deveria ser. Ele queria vingança, contra as Irmãs Esquisitas e contra Peter Pan, pela ruína que se tornara sua vida.

– Não fique triste, James. Temos tantas aventuras pela frente. Em breve, trarei três irmãos aqui, os Darling de Londres. Estou de olho neles há algum tempo. Com eles e seu bando de piratas, as coisas vão ficar emocionantes de verdade por aqui, é só esperar para ver – assegurou Peter, rindo, dando cambalhotas no ar. – E, é claro, tem o crocodilo. – Peter sorriu.

– Onde? Ele está aqui? – indagou James, olhando freneticamente à sua volta, fazendo Peter rir ainda mais. James mal reconhecia a si mesmo. Estava consumido pelo medo e pela raiva, e, a cada palavra proferida por Peter, ele sentia isso crescendo um pouco mais dentro de si, expulsando tudo o que valorizava em si mesmo, porque não havia mais espaço para quem ele fora, não havia mais lugar para *James*.

– Ah, sim, isso vai ser muito divertido. Bem-vindo à Terra do Nunca, *Capitão Gancho*. – E, ao dizer isso, Peter afastou-se voando do labirinto, para longe do alcance da vista.

Capitão Gancho percebeu que todos estavam certos. Você não pode alterar os contos de fadas; não importa o quanto tente. Ele nunca poderia ter sido um Garoto Perdido. Seu destino sempre fora ser um pirata. O vilão.

Se Peter desejava um adversário, era exatamente isso que teria, e ele sabia o que tinha de fazer.

Matar Peter Pan.

EPÍLOGO

Circe postou-se diante do espelho quebrado que havia se partido em três lugares na Câmara dos Espelhos e exigiu que a mãe aparecesse. Ela estava tomada de tal fúria que a assustou.

– Estou aqui, filha. Suponho que descobriu que você e Gancho não conseguiram reescrever a história dele. – O rosto de Lucinda apareceu em cada fragmento partido do espelho, lembrando Circe de quando ela tinha três mães, e não apenas uma. Ela sentia falta de Ruby e Martha, e saudade do tempo em que estavam todas juntas no Lugar Intermediário.

– Pensei que fazê-la retornar ao seu estado original, inteira de novo, reparar o dano que sua própria mãe lhe causou, dividindo você em três, iria restaurá-la, mãe, mas vejo que você ainda está tão desorientada e cruel como sempre. Foi-nos oferecida uma escolha; por que você a desperdiçou? – questionou Circe, perguntando-se por que a mãe a expulsara do Lugar Intermediário.

– E que escolha foi essa, filha? Permanecer no Lugar Intermediário para sempre, cruzar o véu e passar nossa vida além da morte com nossas ancestrais que nos traíram ou me tornar isto? E você fez a escolha por mim, não foi? Fundindo de novo Martha, Ruby e eu. A escolha não era sua. E é por isso que a expulsamos! Tudo isso devido a uma noção infantil de que eu retornaria ao meu estado original, que me tornaria inteira outra vez e seríamos uma feliz família de bruxas juntas. Eu nunca estarei inteira; minha alma foi dividida tantas vezes que é impossível voltar a ser simplesmente Lucinda. Ruby e Martha vivem dentro de mim, elas estão dentro de mim, como nós estamos dentro de *você* – declarou Lucinda, com a cabeça se contorcendo como se estivesse tentando se livrar de um pensamento intrusivo, e Circe tinha certeza de que eram Ruby e Martha desejando que suas vozes fossem ouvidas também.

– Estamos tão curiosas, filha nossa, você amaldiçoou as fivelas das botas de James? – Era Ruby falando, e Circe ficou assustada e triste ao ouvir sua voz, mas não poder vê-la. Ela via apenas o rosto de Lucinda a encarando. Suas mães nunca saberiam o quanto ela se sentia culpada por tê-las reunido novamente. Quando o fez, sabia que isso significava nunca mais ver Ruby e Martha, mas, na época, sentiu que era a única maneira de salvar as mães e preservar a sanidade de todas. A única maneira de trazê-las de volta ao mundo dos vivos.

– Eu não diria que foi uma maldição. Apenas as imbuí de uma dose saudável de medo – disse Circe, incapaz de encarar a expressão de satisfação no rosto de sua mãe.

– Vejam só a grande e gentil Circe, lançando maldições de medo, esperando colocar medo no coração do pobre James.

– Eu esperava que o medo o impedisse de ir para a Terra do Nunca. Esperava que isso o salvasse de você – disse Circe.

– Você lhe contou o que a Terra do Nunca realmente é, que ele e os amigos piratas não sobreviveram à luta com o Kraken? – Circe odiava o nível de prazer que a mãe estava extraindo daquilo tudo, mas engoliu a raiva e a forçou para dentro de si, por mais que soubesse da periculosidade de fazê-lo. Se não o tivesse feito, ela teria enfiado a mão dentro do espelho e puxado a mãe para fora, pondo um fim a tudo aquilo. Mas sabia que isso causaria a ruptura final da alma já despedaçada.

– Eu deveria ter-lhe dito quando ele veio até mim na Floresta dos Mortos. Foi por isso que tentamos fazê-lo ficar.

Lucinda riu.

– Assim como foi escrito. Entretanto, está tudo conectado, não? Todas essas histórias, uma não aconteceria sem a outra. E, graças a você, Gancho será o pirata covarde que estava predestinado a ser, um eterno passatempo para Peter e os Garotos Perdidos. Perdido para sempre na Terra do Nunca.

FIM